仮初めの魔導士は偽りの花

呪われた伯爵と深紅の城

角川文庫
24096

Karisome no Madoushi wa Itsuwari no Hana

Karisome no Madoushi wa Itsuwari no Hana

Contents

ティル・アドラー

16歳。祖父の遺言で悪魔祓いの仕事をすることに。美少年魔導士と評判だが、実は女の子だということを隠して生きている。素直だが芯は強い。

ノア・バランド

18歳。美貌の青年伯爵。口調は丁寧だが人を寄せ付けない雰囲気がある。辺境にあるバランド城に引きこもっている。

イラスト / 高星麻子

ハンス・アドラー

17歳。ティルの兄。売れない絵描きだが、楽観的で明るい性格。

レイリー・シュタイン

ラインハルト伯爵の甥。ノアの親戚で友人の美少年。

アルバート・アドラー

ティルとハンスの亡き祖父。大魔導士として人々に尊敬されていたが、お調子者な一面も。

セルジュ、アンナ

ノアに長く仕えているバランド城の侍従長とメイド頭。

ラインハルト伯爵

ティルたちが住む土地を治める白髪の美丈夫。ノアの従兄。バランド城の呪いを解くよう依頼する。

仮初めの魔導士は偽りの花

呪われた伯爵と深紅の城

CHARACTERS

序章

——世にも美しい城の呪いを解いてほしい。

そんな漠然とした依頼を受け、若き魔導士が、故郷の村を出たのは三日前のこと。

ガタガタと舗装のされていない山道をひたすら走り続ける馬車のキャビンには、二人の少年が向かい合って座っていた。

「一体どれだけ走れば、着くんだろうなぁ」

そう言ったのは、赤毛の少年だ。

名前は、ハンス・アドラー。細身の体に水色の瞳《ひとみ》、その童顔からハンスは十七歳という年齢よりも若く見える。

ハンスの愚痴を聞くなり、向かいに座る少年が、シッ、と口の前に人差し指を立てた。

名前は、ティル・アドラー。透き通るような金髪に、吸い込まれそうな翠《みどり》の瞳が印象的な十六歳で、町一番の美少年と誉れが高かった。

「兄さん、こんなに立派な馬車で送ってもらってるんだから、贅沢《ぜいたく》言わないの」

御者に聞かれたらばつが悪いでしょう、とティルは小声で続ける。

「分かってるんだけどよぉ」

と、兄・ハンスは力なく言う。

ティルたちは今、町の領主であるラインハルト伯爵が用意してくれた馬車に乗っている。

三日前、この馬車のキャビンに乗り込んだ時は感動した。

光沢のある臙脂《えんじ》のベルベットで仕立てられたソファの感触は、今まで座ったことがないほどにふかふかであり、窓にはフリルのカーテンがついている。

さすが、貴族の馬車。まるで移動する応接室ではないか――と浮かれたのも束《つか》の間、どんなにふかふかのソファだとしても、三日も経てば、さすがに疲れが出てくる。

「ティルくん、疲れたでしょう。この峠を越えたら城が見えてきますよ」

御者席から声がして、二人は体をビクッとさせた。やはり、声が聞こえていたようだ。

ティルは振り返って、御者に向かって愛想よく言う。

「あっ、いえ、僕たちよりもあなたの方がお疲れですよね。それなのに、すみません」

御者は、いえいえ、と首を横に振った。

「わたしは慣れていますので。それより、ティルくん、喉《のど》が渇いたら言ってくださいね」

ありがとうございます、とティルは礼を言って座り直す。前を向くと、ハンスが面白くなさそうな顔でティルを見ていた。

「兄さん、どうかした？」

別にぃ、とハンスは頬杖《ほおづえ》をつく。

「どこに行っても、『ティルくん、ティルくん』って老若男女にチヤホヤされてよ。ほんと、さすがだよなぁ。なんたって町で話題の『絶世の美少年魔導士ティル・アドラー様』だもんな」

「またそんなことを……全部分かってて、そういうことを言うんだから」

ティルはうんざりして、肩をすくめる。

ハンスの言う通り、魔導士ティル・アドラーには、『美少年』という枕詞がつく。

しかし、それは――仮初めの姿だ。

ティルがぼんやりと外を眺めていると、目の端に白い建物が映った。

「ああ、城が見えてきましたよ。ここからが一番よく見えるんですよ」

御者が嬉《うれ》しそうに言って、馬車を止めた。

ティルとハンスはキャビンを出て、木々の向こうに聳《そび》え立つ城を眺める。

白堊《はくあ》の城は、長い跳ね橋の向こう、切り立つような山の上に佇立《ちょりつ》していた。

広漠たる居館。侵入者を寄せ付けない高い城壁。目を惹《ひ》く、東西の円塔——。

パッと見ただけで、城主の財力と権力が伝わってくる。

緑の森を見下ろす城の悠然たる様は、まさに荘厳の一語に尽きた。

「あれが、バランド伯爵の城か……。なるほど、『世にも美しい城』と言われるだけあるなぁ」

と、ハンスがしみじみとつぶやく。

「たしかに美しいね」

まるで物語に出てくるような城だ。

ハンスは見惚《みと》れていたが、ティルは胸が騒いで仕方なかった。

背筋が寒く、足がすくむ。

こんなにも空は青く、木々の緑は生き生きとしているのに、あの白堊の城はまるで黒い霧に包まれているような気がした。

……あれが、ラインハルト伯爵が言っていた呪いなんだろうか？

「ねぇ、兄さん。僕たちはこれから、あの城の呪いを解かなければいけないんだよね」

「呪いっていうからには、魔物や幽霊が出るから、それを退治しろってことなんだよね？」

「そうだな」

「まぁ、きっとそうだな」

「今さらだけど、僕たちにできるかな。なんたって魔導士歴半年のひよっこだよ？」

ティルが小声で囁《ささや》くと、ハンスは、まぁやるしかないよな、と城を仰いだ。

「大丈夫、俺たちは大魔導士、アルバート・アドラーの孫だ」

と、ハンスが胸を叩《たた》く。

まったく魔力がないくせに、どうしてそんなに自信満々でいられるのか……。

「ああ、じいちゃんが生きていれば……」

と、ティルは力なく言う。

貴族の城の呪いを解くなんて、どう考えても新人魔導士には荷が重すぎる案件だ。

なぜ、自分たちがこんな分不相応な仕事を引き受けているかというと――。

話は、半年前に遡《さかのぼ》る。

第一章　大魔導士の後継者

1

活気に満ち溢《あふ》れるラインハルト伯爵の居城の城下町から一里ほど離れると、それまでの賑《にぎ》やかさが嘘のように、のどかな小麦畑が広がっている。

黄金色に輝く穂を揺らす風は心地よさだけではなく冷たさを含み始めていた。

丘を見渡すと、緑、黄色、茶色とこの時季ならではの美しいコントラストが見られ、ここホーロ村にも秋の訪れを感じさせた。

そんな丘陵風景だけが自慢の小さな田舎の村で、一人の老人の命の灯が、ひっそりと消えようとしていた。

「じいちゃん、くたばるなよ」

「じいちゃん、しっかり！」

三角屋根の小さな家で、二人の孫は目に涙を浮かべながら、いまわの時を迎える祖父を見守っている。

「……ハンス、ティル。悲しむことはない。わしはもう十分に生きた」

祖父は、しわくしゃな笑みを浮かべて、二人の孫——ハンスとティルに優しい眼差《まなざ》しを向けた。

「何言ってるんだよ、じいちゃんは、星の導きで百歳まで生きるって言ってただろ。まだ、九十八歳じゃないか」

「ハンス、わしは九十九歳。この近辺で一番の長生きで、あと少しで百歳なんじゃ。間違うでない」

祖父は、今までの弱々しかった雰囲気が嘘だったかのように鋭い眼光を見せる。

「わ、悪い、ジジイ」

「ジジイと言うな」

「へい」

肩をすくめるハンスの横で、もう一人の孫、ティルが目を潤ませながら、祖父の手に触れた。

「じいちゃん、まだまだ元気でいてよ」

ティルは、そう言ってポロポロと涙を流す。

「おお、ティル。ありがとう。この老いぼれはもう無理じゃ。可愛い孫に囲まれて、幸せに暮らすことができた。もう思い残すことはない、本当にありがとう……」

そう言って老人は目を閉じ、力尽きたようにカクンと頭を倒した。

「じいちゃん？」

「ジジイ！」

ハンスがそう叫んだ瞬間、祖父はカッと目を開けて、

「ジジイって言うな」

と、また睨《にら》む。

「わ、悪ぃ。紛らわしく目を閉じんなよ」

「……逝こうと思ったんじゃが、伝えなければいけないことがあってな。大事なことじゃ。星からの助言と思って、心して聞くように」

祖父は、占星術師としても知られている。

そんな祖父の『星からの助言』という言葉にハンスとティルは息を呑《の》んで、首を縦に振った。

「ひとつ、わしの遺体は庭の木の根元に埋めて、その死を最低三年間は伏せておくように。ふたつ、ティル、そなたのことじゃ」

と、祖父は、ティルに視線を移す。

「……まだまだこの国の魔女狩りは終わりそうもない。そなたは引き続き、自分の性別を隠して生活するように」

その言葉に、ティルは沈痛な面持ちで、深くうなずいた。

そう、町一番の美少年と評判のティルは、実は少女だった。

ふわりと柔らかそうな金色の髪は肩には届かず、グレーのシャツにモスグリーンのズボンという出《い》で立ちのため、華奢《きやしや》な少年にしか見えない。何よりこの町に来た時から男だと伝えていたため、ティルの性別を疑う者はいなかった。

なぜ、ティルが性別を偽らなくてはならないかというと、先の戦いの名残りがあるためだ。

それは、今から二百年前の話。

魔力を備える人間が、今よりも多く存在していた。

当時の国家は、『魔力は国力である』という考えを持ち、魔力保持者を『魔導士』と呼び、便宜を図っていた。

魔力を持たない一般人からも、魔導士は国を危険から守り、利益をもたらす存在であると尊敬の眼差しを向けられていたのだ。

実際、魔導士の働きにより、平和な世が続いていた。

しかし、それは長く続かない。

魔導士は、男性よりも女性の方が数が少なく、そして魔力が強かった。魔力の強さがものを言った時代、力のある女性魔導士の地位が上がっていったのは、自然の流れだった。

そのことを喜んだのは女性魔導士自身よりも、これまで男性たちに虐げられてきた一般の女性たちだった。

『これを機に男尊女卑の世を変えられるのでは？』と期待を抱いた一般女性たちは、女性魔導士たちを担ぎ上げて、男性支配の国家を乗っ取ろうと目論《もくろ》み始める。

その企《たくら》みは、すぐに王の知るところとなり、

『魔力のある女は、魔導士ではなく魔女である。魔女は悪魔の使い。ただちに捕らえよ』

と、王は激昂《げきこう》して、男性魔導士に命令を下した。

これが、後に『魔女戦争』と呼ばれる魔導士同士の壮絶な戦いの始まりだ。

この戦、最初は魔力の強い女性魔導士が男性魔導士を打ち負かしていた。だが、まさしく最初だけであり、瞬く間に形勢は逆転して、男性魔導士が優勢となった。

原因は、女性魔導士よりも男性魔導士の方が圧倒的に数が多かったことと、女性魔導士たちを担ぎ上げた一般女性たちも弾圧を受け、我が身を守るために掌《てのひら》を返して、女性魔導士たちを裏切ったためだ。

そうして、約三年間続いた『魔女戦争』は、男性魔導士の勝利となり、その後は無慈悲な魔女狩りが行われた。

そんなことがあり、一度、女性魔道士は根絶やしにされたと言われている。

だが、今もごく稀に魔力のある女児が生まれることはある。その場合、魔女狩りを行っている国王直轄の『異端審問会』が駆け付けて尋問と処刑を行った。

残酷な話だが、家族は、家に魔女が誕生したことを隠したりはしない。

もし、魔女を匿《かくま》った場合は、一家もろとも処刑となるためだ。

一方、魔力のある男子が誕生した場合は、『魔導士様が誕生した』と国中から祝福される。

魔女が排除すべき害悪である一方で、魔導士は国を救った救世主。

同じ魔力を持つ者だとしても、今や男女で天と地ほどの立場の差を持つ。

ティルは、魔力を持たない普通の一般人だ。

魔女ではないので、両親と共に暮らしていた頃は、普通の女の子として生活していた。

だが、両親が他界し、祖父と一緒に生活することになった際、祖父はティルに男装するよう伝えた。

というのも祖父、アルバート・アドラーは、大きな力を持つ魔導士だからだ。その孫娘となると、いつ、あらぬ疑いをかけられてもおかしくない。

魔女狩りは、今も理不尽に行われている。

一度、捕らえられたら最後、おざなりな裁判で火あぶりの刑にされるということも珍しくない。また、特殊な能力などなくても、浮気性《うわきしょう》だったり、男を惑わしすぎた娼《しょう》婦《ふ》であったり、人よりも美しいというだけで、密告されて火刑になった女性も少なくなかった。

祖父は、ティルの美しい見た目からそのことも懸念したという。

「みっつ」

ティルも自分の身を護《まも》るためのことと納得し、性別を偽って生活していた。

という祖父の言葉で、過去を思い返していたティルは我に返った。

「わし宛てに来た依頼のすべてを断らずにおまえたちが引き受けるように」

最後の言葉に二人は「えっ？」大きく目を見開いた。

「何言ってんだ。じいちゃんに来た依頼を俺たちが引き受けるって、無理に決まってるだろ？」

「そ、そうだよ、じいちゃんの主な仕事って……」

「悪魔祓《ばら》いじゃないか！」

ハンスとティルが声を揃えて言ったその時には、祖父は既に事切れていた。

口許《くちもと》には柔らかな笑みを湛《たた》えたまま。

『偉大な魔導士』と称されたアルバート・アドラー。

最期は、愛する孫に看取られての大往生だった。

2

「――三年間は死を伏せておくようにって言ってたけど、それって寂しいことだよな」

祖父の遺言通り、棺《ひつぎ》を木の根元に埋め終えたハンスとティルは、花すら供えられないことに寂しさを感じ、せめて祖父の好きだったワインを買ってきて土にかけてあげようと、村から一里先のラインハルト城の城下町に向かって歩いていた。

「うん、そうだね。じいちゃんを慕う人たちは多かったから、伝えたら盛大なお葬式をしてもらえたと思うのに」

二人が沈んだ顔で町に入ると、すぐに賑《にぎ》やかな町の様子が目に映る。

夕暮れ時、町は特に活気がある。仕事を終えた男たちは、エールやワインを片手に声を上げて笑い、若い女たちは着飾ったドレスのフリルを誇らしげにヒラつかせながら、広場へと駆けていく。

高台にラインハルト城を望むこの町は、特別豊かなわけではないが、いつも活気があり、明るい笑顔に包まれて平和だった。

「相変わらず町は賑やかだね」

「そうだな」

町を見回しつつ、祖父のいきつけだった酒場に「どーも」と顔を出すと、

「おー、アルバートじいさんとこの兄弟じゃないか。浮かない顔してどうした？」

と、酒場の主人が二人の顔を覗《のぞ》き込んだ。

「う、うん。じいちゃんがまた遠くに仕事に行くから寂しくて。でね、じいちゃんの好きなワインを買いに来たんだ」

ティルがあえて明るい笑顔を見せると、

「はいよ、毎度。そうそうこの前、アルバートじいさんが突然店にやって来て『仕事に必要なんじゃ』って大量にワインをツケで買って行ったんだよ。その支払いがまだだから、ちゃんと返してくれよってキッチリ伝えてくれな」

酒場の主人はいつものワインを差し出しながらそう言った。

「へっ、ツケで？」

すると店内にいた食堂の女将《おかみ》がすかさず顔を出し、

「あー、うちにもツケがいっぱいあるから、忘れないでおくれってあの横着魔導士に

伝えといてくれよ」

と、釘《くぎ》を刺すように言う。

「う、うん、分かった……ちゃんと伝えておく」

ハンスとティルはうなずきながら、『やっぱり、最低でも三年間は死を伏せておこう』と顔を引きつらせながら思う。

「ところで遠くに仕事って、またこれから大きな仕事でもあんのかい？」

嘘をつくことが得意ではない二人は、あはは、と目を泳がせて空笑いをする。

「あー、なんだかでっかい仕事が入ったみたいで」

「う、うん、大きな仕事」

「そうか、でもあのじいさんなら大丈夫だろ。なんせ、かつてこの町を救った英雄だからな」

「そうそう。たいした人だよ。今、この町がこんなに明るく平和なのは、あのじいさんのお陰だからね」

強くうなずき合う酒屋の主人と食堂の女将の姿に、二人は胸を詰まらせた。

そう、かつて祖父は、この町を悪魔から救ったらしい。

なんと半世紀前も前のことだ。

それでも、この町では、まるで昨日のことのように語られる。

それだけアルバート・アドラーはこの地において絶大な信用と尊敬を得ていた。

「今回ハンスは助手として同行しねぇのか?」

「いや、留守番だよ。こいつを一人にさせられねぇし」

と、ハンスは笑いながら、ティルの肩に手を乗せた。

「相変わらず弟思いだなー」

「まあ、弟って言ってもね、女の子みたいに華奢《きゃしゃ》な美少年だし心配だよね」

酒場の主人と食堂の女将が口々に言うが、ティルは、何も答えず、曖昧《あいまい》な笑みを返す。

「でも、ハンスが助手として同行できないんじゃアルバートじいさんも一人で大変だなぁ」

しみじみとつぶやく酒場の主人に、

「俺、助手っていっても、言われた道具を差し出すくらいのことしかできなかったし」

ハンスが決まり悪そうに身を小さくすると、皆は声を揃えて笑った。

3

「はい、じいちゃんの大好きなワインだよ。いっぱい飲んでね」

城下町から戻ったハンスとティルは、祖父を埋めた大きな木の下に立った。

ティルは、目に涙を溜《た》めて祖父を埋めた土の上に白ワインをドボドボとかける。

「って、おい、かけすぎだって。ほどほどでいいんだよ。こういうのは気持ちなんだから」

「あ、そうか」

ティルは、ワインのボトルを手にいたずらっぽく笑う。

すっかり陽が落ちて、明るい月が空に浮かんでいた。

「肌寒くなってきたから中に入ろうぜ。飯にしよう」

「うん」

二人は三角屋根の小さな家に入り、作り置きしていたスープとパンをテーブルに並べて、向かい合って座る。

「本当に、これからどうしようか、兄さん」

スープを口に運びながら、ため息をつくティルに、ハンスは白い歯を見せる。

「大丈夫だって、俺もなるべく急いで仕事を探すから」

「悪魔祓いの仕事が来たらどうするの？」

「んなもん、俺らにできるかよ。ジジイは留守だってお断りするだけだ」

「……そうは言うけど、仕事なんかなかなか見付からないと思うよ？」

ティルは、ヒョロヒョロのハンスを見て、力仕事は無理だろうし、と洩《も》らす。

「俺の特技は、絵を描くことだけだからなぁ」

「でも、絵を描いて食べていける人なんて一握りだからね」

「分かってるよ、絵で生計立てようなんて思ってねーし」

ハンスはそう言いながら、壁に飾ってある自分の絵を眺めた。

ホーロ村の夕景が描かれている。

だけど、とティルは、絵を観ながらしみじみつぶやいた。

「僕は、兄さんの絵がすごく好きだけどね。いつもじんわりと心が温かくなる。絵を描くのをやめてほしくないよ」

ハンスは照れたように頭をクシャクシャとかく。

「まっ、ご心配なく。やめる気はねーから。それにじいちゃんの蓄えでしばらくは食えるだろ。なんせ大魔導士アルバート・アドラーだ。仕事には事欠かなかったし、きっと貯金もいっぱいあるはず」

ハンスはパンを口に詰め込みながら、祖父が金庫として使っていた箱を取り出した。

「死ぬ間際に金庫の鍵《かぎ》も託されたしな。これって財産を使っていいってことだよな？」

「うん、身内は僕たちだけのはずだし」

ごくりと喉《のど》を鳴らして金庫の鍵を開けると、そこにあったのは金貨ではなく一枚の紙だった。

「なんだこれ」

ハンスは眉《まゆ》をひそめて二つ折りの紙を開く。

『ハンス、ティル。

この中の財産はすべてわしが使った。酒代に。未来ある若者に財産を残すというのは、ある意味罪なことじゃ。よってお前等に金は残さん。だが大魔導士アルバート・アドラーの後継者という財産を残そう。天に与えられた仕事に勤《いそ》しむべし』

「…………」

ハンスは、手紙を持つ手を震わせる。

「兄さん、なんて書いてあったの?」

文面がよく見えなかったティルが首を伸ばした瞬間、ハンスは手紙をぐしゃっと丸める。

「あの、クソジジイーッ!」

「って、兄さん、なんてことを!」

ティルはギョッと目を見開いた。

4

それから一か月後。

ハンスとティルは、とある商人の蔵に呼ばれていた。

──魔導士として、だ。

「……アルバートさんじゃなくて本当に大丈夫かにゃ」

依頼人、マルコは、残念そうに洟らして頭を掻《か》く。

彼は顔も体も丸く、目が細い、まるで太った猫のような貿易商人だ。一代で商売に成功し、町では、『成金マルコ』と呼ばれている。一見三十代に見えるが、実際の年齢はハンスよりも少し年上なくらいの青年実業家だ。

ちなみに妙な語尾は、ティルとハンスが知る限り、昔からだ。話に聞くと、小さい頃は、彼も普通に話していたそうだが、ある時から急に『にゃ』と言うようになったらしい。商談のため、様々な国の言語を一気に覚えたせいではないか、と噂されている。

ハンスは「大丈夫です」と胸を張った。

「俺たちはアルバート・アドラーの血を引く後継者です」

互いに昔からの顔見知りであるが、マルコは二人を見て、訝《いぶか》しげに顔をしかめている。

「いつの間に、ハンス君とティル君がアルバートさんの後継者に？」

「ずっと修行をつけられていたんですよ。今やあの誇り高い祖父が自分の留守中の仕事を俺たちに任せたくらいですから、ご安心ください」

そう言って胸にぱんっと手を当てたハンスの横で、ティルは顔を強張《こわば》らせていた。

二人が持っていたわずかな金は底をつき、食料は尽きていた。

仕事を探そうにもなかなか見付からないうえ、ハンスが描いた絵を売りに出しても二束三文にしかならず、ようやくありつけた肉体労働は一日でクビ。

『これから本当にどうしよう！』

という窮地に陥った時に、舞い込んだ退魔の仕事だった。

この話を断ることなどできるはずがなかった。

「アルバートさんは、町の英雄というだけじゃなく、普通の魔導士とは違うと評判だから頼んだんだけどにゃあ。まぁ、ちゃんと仕事してくれたらそれでいいんだがにゃ」

マルコは疑わしげに眉をひそめながら腕を組む。

「それで、その仕事というのは？」

そう尋ねたティルに、マルコは「ああ」とうなずき、蔵の扉を開けた。

「前々から、ここに得体の知れない魔物がいるんだにゃ。わたしは気にしないようにしていたんだが、妻が気味悪がってしまってね。退治してもらいたいんだにゃ」

マルコは、最近結婚したばかりだ。

「何か悪さをするんですか？」

「今のところ物音を立てたり、声を上げたりする程度で悪さという悪さはしてないんだにゃ」

「へ、へえ」

ハンスは、頬を引きつらせながら言う。

マルコが蔵の扉を大きく開けると、ひんやりとした空気が肌を包んだ。

手元の蠟燭《ろうそく》の明かりがなければ、闇に包まれるであろう、石造りの蔵。中には外国から買い付けたと見られる珍しい商品やワインが並んでいる。

「すっげえなぁ。見たことない物ばかりだ」

感心しながら蔵の中を見回すハンスに、マルコは得意げに腰に手を当てる。

「まあ、このわたしが自ら外国を旅して買い付けたものばかりだからにゃ」

二人は「すごいなぁ」と、ところ狭しと押し込まれている珍しい品々を眺める。

ティルは、ガラス工芸品を見て「わあ」と声を上げる。

「なにこれ、すごく綺麗《きれい》でカワイイ」

「それは、東の国で買い付けた『ビードロ』という笛だにゃ。壊れやすいから気を付けて」

「なんて、繊細で綺麗なんだろう」

そう言って目を輝かせるティルに、マルコは頬を赤らめた。

「そう言うティル君の方こそ、相変わらずなんて繊細で綺麗なんだにゃ。男にしとくのが勿体《もったい》ないにゃ」

えっ、とティルが目を瞬《またた》かせると、ハンスが慌てて身を乗り出した。

「いやー、ほんと、うちの弟は、町一番の美少年っすから」

「そ、そうそう、僕は男っすから！」

ティルもすぐに男らしく胸を張って、腕を組んでみせる。

「いやはや、その明るい金の絹糸のような髪にエメラルドを思わせる翠《みどり》の瞳《ひとみ》。透き通るような白い肌。愛らしい顔立ち。ああ、勿体ない、ティル君が女だったら貴族のお眼鏡に適《かな》って玉の輿《こし》に乗れただろうにゃ。そしてわたしも仲介料をたんまりと……」

口惜しそうに言うマルコに、ハンスは真剣な表情になる。

「マジっすか、玉の輿に乗れますか？」

「そ、そんな話より、兄さん仕事を始めよう……ぜ！」

ティルは、男らしさを意識した動きでバッグからチョークを取り出した。

「あ、ああ、そうだな。マルコさん、悪いけどここに魔法陣を描くから床のものをよけてもいいですか？」

「もちろんだにゃ」

三人でせっせとスペースを空け、ハンスは祖父が仕事用に使っていた書物を開き、そこに描かれている図を参考に魔法陣を描き始める。

ティルは、手早く魔法陣を描くハンスの様子に、少し驚いた。

「兄さん、すごく手際がいいね」

「まー、絵描きだし、俺がジジィの役に立てたことといえば、この魔法陣を描くことくらいだったしな」

ポツリとつぶやいたハンスに、マルコは「うん？」と訊《き》き返す。

「い、いえ、なんでもないっす」

ハンスは、魔法陣を描き上げて、円の中央に立ち、

「それでは始めます」

と、咳《せき》ばらいをしたあと、祖父アルバート・アドラーがいつも手にしていた呪文の本をコソコソと開き、胸に手を当てた。

「我が名は、ハンス・アドラー。深淵《しんえん》に沈む意識よ、彼方《かなた》より目覚めん。我が身を媒体に我に光の力を与え、真実を引き出さん。この蔵に棲《す》む魔物よ。その姿をここに現

わせ！」

強い口調でそう唱えるも、シンとした静けさが襲う。

ティルとマルコは、しばし魔法陣の中心に立つハンスを見守っていたが、続くのは静寂だけで、何の変化もない。

「……ええと、ハンス君？」

マルコは、露骨に疑いの目を向けた。

「あ、あれ、おっかしいな」

「……やっぱり、アルバートさんじゃないと駄目だと思うんだがにゃ」

ふぅ、と息をついたマルコに、ティルが慌てて前のめりになる。

「に、兄さんは今調子が悪くて！　この男らしい僕が代わりに」

そう言って、ハンスの体を突き飛ばして、今度はティルが魔法陣の中央に立った。

「って、突き飛ばすなよ」

「わ、悪いな、兄さん。男らしさ余って」

「なんだそりゃ」

「それじゃあ、行きます」

ティルが眼差《まなざ》しを強くした瞬間、きゃはは、という笑い声が蔵に響き、三人は体をビクッとさせた。

天井にいくつもかけられた輸入品のシャンデリアがゆらゆらと揺れ、棚の上のアンティーク人形がボトッと床に落ちた。

「……ひっ！」

アンティーク人形はずりずりと這《は》い回り、ニッと笑みを浮かべた。

「うわあああああああああ！」

三人は、一斉に勢いよく後退《あとずさ》りをする。

「二人は魔導士だにゃ？　なにを一緒にビビッてるんだにゃ？」

「ビ、ビックリしただけでビビッてなんかないですよ！」

「そうそう、魔導士もいきなり驚かされたら声を上げるんです！　ビビッてるのとは別の話ですから」

ハンスとティルは、目を泳がせながら早口で答える。

「ガタガタ震えてるじゃないか」

「く、蔵の中がひんやりしてて！」

ティルはそう言ったあと、ハンスの胸倉をつかむと、蔵の隅に寄ってコソコソと話す。

「って、兄さん？　現場が初めてな僕はともかく、じいちゃんの助手を何度も務めたことがある兄さんが何をそんなにビビッてるわけ？」

「わ、悪ぃ！　ジジイの助手の時もビビりまくって蹲《うずくま》ってただけだから」

ハンスは、苦笑を浮かべながら目をそらした。

「それじゃあ、じいちゃんは、どーして兄さんを助手に連れ出してたわけ？」

「だから魔法陣描くのと、荷物持ち担当だったんだよ」

「ええっ」

そう話す間も、きゃははは、と響く笑い声に、

「何を話してるか知らにゃいが、これをなんとかしてくれにゃ！　気味が悪くてたまらないんにゃ！」

マルコは頭を押さえて絶叫した。

「は、はい！　ただ今」

ティルは再び魔法陣の中央に立った。

でも、僕が唱えてみたところで、また何も起こらないんだろうな。

そうしたらマルコさんに謝って帰ることにしよう。魔導士なんて、やっぱり無理なんだ。

でも何もしないまま帰るのは、あまりにも決まりが悪い。

そんな思いを胸に、ティルは祖父の本を開く。

――この世界に存在するすべては、有形無形問わず、星の加護を受けている。まず

は、星を知ること。

祖父は最初のページに、そんな走り書きをしていた。

「これ、じいちゃんがよく言ってたことだ……」

魔力のない者でも、動植物すべてに、星の力が宿っていると。

マルコが言っていたように、祖父は『普通の魔導士とは違う』と評判だった。

実際、普通の魔導士は、四大元素——すなわち、火、水、風、地の力を使う。

たとえば、火の魔法、水の魔法、風の魔法、地の魔法とあり、魔導士はそれぞれに得意分野があるのだ。

だが、祖父は、火、水、風、地と四大元素すべての魔法が使え、また、それとは少し異なる魔法も操った。

それは、祖父の特別な才能だと多くの人が言い、ティル自身もそう思っていた。

だが、もしかしたら、生まれ持った才能というだけではなかったのかもしれない。

——すべての存在が星の加護を受けている。

ここにヒントがあるのではないだろうか？

そう、祖父は、占星術師でもあったのだから。

まず、星を知ること。

とりあえず、自分がなんの星の加護を受けているかが分かれば、突破口が開けるかもしれない。

ティルは、本をしっかりと持ち、何か使える呪文はないかと素早くページをめくる。

その中に、『星とつながる呪文』という項目を見付け、ティルはごくりと喉《のど》を鳴らした。

今もアンティーク人形は床を這いずり回っている。

「我が名は、ティル・アドラー。火の精霊、水の精霊、風の精霊、地の精霊。古《いにしえ》よりここかしこにありて守護する者よ。ある者はいましめ、ある者は整え、ある者は導くことに心からの感謝を表す。我を加護する星よ、我が鎖を解き、我とつながり給え」

ティルが目を閉じて唱えると少しずつ、床に描かれた魔法陣が青白く光り出す。

魔法陣からつむじ風が舞い上がり、ティルの短い髪がふわりとそよいだ。

ティルは、ゆっくりと目を開く。

すると、その翠《みどり》色の瞳《ひとみ》は、真っ青な碧眼《へきがん》へと変わっていた。

ハンスとマルコはギョッと目を見開く。

「この蔵に棲まう『人ならざる者』よ。ここに姿を現わしたまえ」

手を前にかざしそう告げたその瞬間、目を開けていられないほどの眩《まぶ》しい光が床の魔法陣から天井に伸びた。

シンとした静寂が満ちる中、魔法陣からそっと姿を現わしたのは、白い光の塊だった。

よくは見えないが、耳がピョンと尖《とが》っているのがなんとなく分かる。

「うわあああ、早く退治してくれだにゃ！」

叫ぶように言うマルコに、ティルは首を横に振る。

「……本当に退治した方がいいと思いますか？」

えっ？　と、ハンスとマルコは戸惑いながら、ティルを見た。

ティルは、胸に手を当てて、深呼吸をする。

頭の中が冴《さ》えていく。光に包まれた魔法陣の中で言い知れぬ心地よさと高揚感を感じ、ティルは目を細めた。常識や理性が薄れ、内側の自分が表面に現われ、己を支配するような感覚に襲われた。

内側から湧き出るように自然に、自分が星の加護を受けていることが分かった。

自分だけではない。

祖父の言う通り、すべての者は星の加護を受けている。それも、一つの星からだけではなく、多くの星が見守り、導いてくれている。

とはいえ、加護の強さには、ばらつきがあり、その時々でつながりやすい星がある。

ティルの内側で、自分が生まれた日時のホロスコープが浮かび上がる。

占星術に詳しくないからよく分からないが、ホロスコープの中心で灰色の星が光っている。不思議と『水星』だと頭に浮かんできた。

「そうか、今の僕は、特に『水星』の加護を受けているんだ」

再び祖父の本に目を落とす。

水星は、叡智《えいち》と伝達を司《つかさど》る星と書いてある。そんな水星の力とつながっている今だから、分かることがある。

「どうやら、ここにいる『人ならざる者』は、金星の加護を受けている精霊のようです。金星は、愛と美と調和を司る星。その加護を受ける精霊が、悪いものとは考えにくくて」

ティルの言葉を聞き、ハンスが解せない様子で顔をしかめた。

「悪いものじゃないって言っても、さっきから、すげぇ、脅かしてきてるけど？」

「ここを追い出されるかもって、威嚇してるんだよ」

そう言ってティルは、蔵の中を見回した。

これまで、特に悪さをしなかったのは、きっとここをとても気に入っていたからだ。

「この子をもし退治したり、ここから追い出したりしたなら、あなたの商売はすぐに低迷してしまうでしょう」

マルコは、どういうことにゃ、と眉根《まゆね》を寄せる。

「この子はあなたにとって幸運のフェアリーです。おそらく、あなたの商売が栄えたのは、この子のおかげではないかと……」

ここには、美しいものが溢《あふ》れている。おそらく、精霊はそれが嬉《うれ》しくてたまらず、もっとキラキラしたものを集めたいと思い、マルコに加護を授けていたのだ。

白い光の精霊は宙に浮かんだまま、動かずにジッとこちらを見ていた。

何か言いたげな雰囲気だった。

ティルは胸に手を当てて、心の中で精霊に向かって呼びかける。

伝えたいことがあったら教えて、と——。

精霊はゆっくりと床に降りた。地に足をつけた瞬間、その姿が白猫に変化した。

マルコは、ハッと口に手を当てる。

「ポルタ……？」

「この子をご存じですか？」

「子どもの頃、親に隠れて飼っていた白猫だにゃ……」

「隠れて？」

ハンスの問いかけに、マルコはうなずいた。

「捨てられていた白猫を拾ったんだが、親にうちは貧しくて動物なんて飼う余裕はないと言われたんだにゃ。だから、こっそり家の裏の倉庫で飼っていて……」

だけど、とマルコは唇を震わせる。

「ポルタは、病気になってしまった。もちろん、医者に連れていったにゃ。けど、どこの医者も治療代を出せないなら診れないと断った。それでもわたしは諦《あきら》めずに診てくれるところはないかとポルタを抱いて駆けまわった。結局、ポルタはわたしの腕の中で……この子を助けることができなかった。お金があれば、助けられたんだにゃ」

　マルコの体が、小刻みに震え出す。

「だから、もう二度と、お金がないのを理由に大切な者を亡くしたくない。そう思って、わたしはがむしゃらにがんばって、自分の力で成功した……」

　そう思っていたのに、とマルコは、ポルタを見る。

「わたしの成功をポルタが応援してくれていたなんて。そのことに気付かず、退治してもらおうとしていたなんて……」

　マルコは脱力してその場にしゃがみこむ。

　すると、ポルタはゆっくりと近付いて、マルコの体に頭を摺《す》り寄せる。

「ポルタ……」

　マルコは、ポルタを抱き寄せて、泣き崩れた。

　しばらく様子を見守っていたティルだが、だんだん、ポルタの姿が猫から白い光へと戻っていく。具現化させる力が薄れていくのを見て、察した。

　どうやら、自分の魔力の限界のようだ。

大きく息を吸い込んで、手を組み合わせる。

「火の精霊、水の精霊、風の精霊、地の精霊。古よりここかしこにありて守護する者よ。これより、この陣を封じん。感謝と共にここに幸運が続くことを祈って」

ティルは両手を大きく広げたあと、そっと胸の前にクロスさせた。

青白く光っていた魔法陣の光がフッと消え失《う》せ、それと同時にポルタの姿もなくなり、再び蔵に静寂が訪れた。

「す、すみません、マルコさん。せっかく再会できたのに……」

ティルはすぐに我に返り、頭を下げる。マルコは「いやいや！」と首を振った。

「本当にありがとう。君たちに頼んで良かったよ。またポルタと再会できるなんて夢にも思わなかった」

もう、マルコの語尾に『にゃ』がつかなくなっている。彼の語尾は、もしかしたら、ポルタへの想いを引きずってのことだったのかもしれない。だとしたら、ポルタへの悔恨が解消されたのだろう。

「マルコさん……」

「さっ、これが報酬だ」

マルコは懐から金貨が入った小袋を取り出し、ティルの手に握らせた。

「こんなに？　約束の額よりも随分多いですよ？」

いいんだ、とマルコは首を横に振る。

「もし、他の魔導士に頼んでいたら、ポルタだと気付かずに退治してしまっていたかもしれない。感謝してもしきれないよ。ああ、そうだ。これもあげよう。随分気に入っていたみたいだから」

マルコは思い出したように、棚の上のビードロを手に取り、ティルの前に差し出した。

わあ、とティルは顔を明るくさせる。

「本当に？」

「ああ、強く吹くと割れてしまうから気を付けて」

「はい、ありがとうございます。嬉しいです」

ティルは、頬を紅潮させて、屈託のない笑顔を見せる。

「やっぱり、君を男の子にしておくのはもったいないな……いっそ男の子でも、いやむしろ男の子の方が……」

とブツブツ言い出したマルコに、

「で、では、マルコさん、毎度！」

「あ、ありがとうございました！」

ハンスとティルは素早く頭を下げて、早足で屋敷を後にした。

「あー、良かった」

屋敷を出るなり、ティルは安堵《あんど》して、大きく息を吐き出した。にしても、とハンスは頭の後ろで手を組む。

「驚いたな。ティルにあんなことができるなんて。まるでじいちゃんみたいだったぜ?」

ハンスは、しみじみとつぶやいて、ティルを見詰める。

「僕もビックリした。あの時、じいちゃんの言っていたことを思い出して……」

「じいちゃんが言ってたことって?」

「魔力のない者でも、動植物すべてに、星の力が宿っているって。だから、まず、星の力とつながる呪文を探して詠唱してみたんだよ」

おっ、とハンスは目を輝かせる。

「ってことは、俺もそれをやったら、星の力を?」

「そうかもしれない」

ティルがうなずくやいなや、ハンスは、試してみよう、と地面に魔法陣を描く。

すぐに魔法陣の中に立ち、ハンスは大きく息を吸い込んで口を開く。

「我が名は、ハンス・アドラー。火の精霊、水の精霊、風の精霊、地の精霊。古《いにしえ》よりここかしこにありて守護する者よ。ある者はいましめ、ある者は整え、ある者は導くことに心からの感謝を表す。我を加護する星よ、我が鎖を解き、我とつながり給え」

　声高に唱えるも、何も起こらず、

「やっぱ、俺は駄目みたいだな」

　ハンスは残念そうに言って、肩をすくめる。

「僕の目には魔法陣が少し光って見えたよ。場所を変えたら、もしかしたら」

　そう言うティルに、ハンスは首を横に振った。

「いや、やっぱり、俺には魔導士の才能はないってことだよ」

　ハンスは地面に描いた魔法陣を足で消しながら、ぽつりと零《こぼ》す。

「じいちゃんは、気付いていたんだな、ティルの潜在能力に。だから男装させたんだ。じいちゃんは護りたかったんだな、ティルも、ティルの力も……」

　ハンスのつぶやきが聞き取れず、ティルは小首を傾げた。

「えっ、なにか言った？」

「いや……なんでもない。今日はたっぷり報酬も入ったし、美味《うま》いもんでも食いに行くか」

「って、兄さんはちっとも活躍しなかったけどね」

「そう言うなよ。俺は助手役が似合ってるみてーだし」

「助手って、転がって蹲《うずくま》るだけでしょう？」

「バカ、魔法陣を描くのは自信あるぜ。それに荷物持ちだって、立派な助手だろ？」

「何を開き直って。でも、まぁいいか。僕にだけ特別報酬もらえたし」

ティルはビードロを取り出して、口に咥《くわ》えた。

『ポッペン』

ビードロから出た予想外な音に二人で顔を見合わせ、くすくすと笑う。

それは、魔導士としての初仕事だった。

第二章　呪いの城へ

1

町の有名人である商人マルコが、ティルのことを褒め称《たた》えたため、一気に退魔の仕事が舞い込むようになった。

「我が名はティル・アドラー。魔物よ、この地を立ち去れ！」

透き通るような金髪に大きな翠《みどり》の瞳《ひとみ》、華奢《きゃしゃ》な体つきに愛らしく美しい容姿も手伝い、

「見て見て、ティル・アドラーの姿絵よ」

「きゃあ、可愛い」

いつの間にか姿絵までも売り出されるようになり、気が付くと『美少年魔導士』なんて通り名までついていた。

「うははは、笑いが止まらんね。仕事はいっぱい舞い込むし、姿絵は売れるし」

下品に笑う兄ハンスを横目に見て、ティルは顔を引きつらせた。

「に～い～さん？　どうして姿絵なんか出回ってるのかと思えば、兄さんがこっそり描いてたんだ？」

胸倉をつかむティルに、ハンスはアワワと目を泳がせた。

「い、いや、要望があまりに多いから、つい。ほら、よく描けてるだろう？」

と丸めた絵を広げて見せた。

そこには先に宝石が付いた杖《つえ》を手に威風堂々と構える黒装束姿のティルがあり、

「兄さんのバカ！　こんないかにも『魔導士』的な姿絵なんか描いて！　今はみんな信じてくれているけど、僕がいつ女だって疑いをかけられるか分からないんだから、あんまり目立ちたくないんだけど！」

「わ、分かった、もう姿絵は作らないから」

「もうやめてよ。そうじゃなくても、そろそろ隠し通すのも苦しくなってきてるのに」

「苦しくなってきてる？　小さい時から男装してきたんだから慣れっこだろ？」

「心の問題じゃなくて。……な、なんだか女っぽい体付きになってきたなって、自分でも思ってて」

自分の体を抱き締めるようにして頬を赤らめたティルに、ハンスは目を細めた。

少年っぽい華奢な体付きだったティルも、最近女性らしく丸みを帯びてきていた。

ハンスはティルを上から下まで見て、なるほど、とうなずいた。

「まぁ……確かにな。ちょっとラインが女っぽくなってきたか」

しみじみとつぶやくハンスにティルは恥ずかしげに俯《うつむ》いた。

「でも心配するな」

「えっ？」

「兄ちゃんがバシッとした肩パッドとガッチリしたコルセットを買ってきてやるよ。それでガッチリ胸を押さえつけたら、逆に胸板の厚い男に見えるかもだろ」

ハンスが胸を叩《たた》いて言うと、ティルは体を小刻みに震わせ、

「兄さんのバカ！」

と、ハンスを力一杯突き飛ばして、家を飛び出した。

「お、おい、どこ行くんだよ」

「買い物！」

そう声を上げて、ティルは帽子をかぶりズンズンと大股《おおまた》で町へと向かった。


夕暮れのラインハルトの城下町は、相変わらず賑《にぎ》やかだった。仕事を終えた男たちが、町の至る所にあるベンチに腰を掛けてエールで乾杯し、誰かがアコーディオンを弾いて歌っている。

今日もドレスアップした娘たちが、広場へと駆けていく姿が見えた。

彼女たちのフリルのついた服や、洋装店にディスプレーされた華やかなドレスを眺め、ティルは『はあ』と息をついた。

店のガラスに、グレーの帽子にカーキ色のシャツ、モスグリーンのオーバーオールを着た自分の姿が映っている。

皆が褒めてくれるように、輝くような金髪で、肌の色も白くて、鮮やかな翠色の瞳はこんなに大きいのに、そこに映る姿はまさに『少年』だった。

魔女狩りを免れるためだというのは、分かっている。

小さい頃から男の子として振る舞ってきたから、今更抵抗はない。

けれど、男の子として密《ひそ》かに生活するのではなく、男の子としての自分が世間に広がりすぎるのはどうしても嫌だ。

この髪が腰まで長くて、町の娘たちみたいなドレスを着ることができたら……。

「なんて、なにを考えてるんだろう」

自分の身を護るためなのに、とティルは苦笑する。

だけど、時々、思うのだ。

いつまで、男装を続けなきゃいけないのだろうと――。

ティルが切なく目を細めて店のドレスを眺めていると、

「ティル、もう暗くなるのに一人で町になんか行くなよ。危ねぇだろ！」

と、背後でハンスの声がした。

その言葉にカチンと来たティルは、勢いよく振り返って、声を荒らげる。

「危なくなんかないよ、僕は男なんだから！」

「なに言ってんだ、危ねぇもんは危ねぇんだよ」

と、ハンスはティルの手をつかんだ。

「なんだよ、それ。どうせ男なら、もっと男として好きなことさせてよ！」

「バカ言うな」

二人で揉《も》めているところに、

「失礼、そこにいるのはアドラー兄弟か？」

金ボタンの付いた朱色のジャケットに黒い帽子の男が歩み寄ってきた。

姿を見れば一目瞭然《いちもくりょうぜん》。それはラインハルト城の衛兵だった。

城の衛兵とは、よほどのことがない限り話す機会がない。

こわもての衛兵に話しかけられたティルとハンスは、揉めていたことも忘れ、はい、と固まりながら答えた。

「君たちを訪ねるところだった。今から城に来るように」

「はい？」

このラインハルトの城下町で、衛兵にこう言われて断れる者などいない。

これは、捕縛を前提とした言葉だ。ここで逃げたら、投獄されるだろう。

ティルとハンスは顔色を無くして衛兵と共に馬車に乗り、高台の城へと向かった。

2

石畳の道を走る馬車は、ガタガタと揺れている。

ティルとハンスは目を伏せ自分の膝《ひざ》をなんとなく見ながら、なぜ自分たちが連行されるのだろう？ と頭の中で考えを巡らせていた。

ティルの正体がばれて、魔女疑惑で連行ということなんだろうか？

それともアルバート・アドラーの名を使って魔導士の仕事をしていたことに何か問題があったのだろうか？

いや、酒場や食堂の祖父のツケがそのままなのが問題になったとか？

そもそも祖父の死亡報告をせずに、勝手に土に埋めたことが何かの違反だったとか？

最悪の想像をして青ざめている二人に、対面に座る衛兵は「ん？」と顔を覗《のぞ》いた。

「そんな暗い顔をしなくていい。別に君たちを捕まえるってわけじゃないんだから」

そう言って笑う衛兵に、ハンスとティルは「えっ？」と声を上げた。

「ち、違うんですか？」

「決まってるじゃないか。それとも君たちは、捕まるような覚えがあるのかい？　ないだろう？」

そう言ってまた笑う衛兵に、

『いえ、実は、結構あるんです……』

と、ハンスとティルは内心思い、顔を引きつらせながらも笑みを作った。

馬車は城の門をくぐり、城内へと続く階段の手前で止まった。

城の入口で番をしていた衛兵が馬車の扉を開け、ハンスとティルは戸惑いながら降りる。

いつも町から見上げていた高台の城をこんなに間近で見るのは初めてだった。

城は、煉瓦《れんが》造りであり、荘厳というよりも、瀟洒《しょうしゃ》な雰囲気だ。

「こちらです」

石の階段を上る衛兵の後について、二人も階段を上った。

階段を上りきると、大きなアーチ状の入口が見える。

「お、おい、すげーな」

ポツリと呟《つぶや》いたハンスに、「う、うん」とティルも息を呑《の》みながらうなずいた。

やがて衛兵は、執務室に続く扉を開け、

「伯爵様、アドラー兄弟をお連れしました」

部屋に響き渡るようなハッキリとした声で告げる。

一人掛けの椅子に、白髪の貴族が座り、こちらを見て笑みを浮かべていた。

ラインハルト伯爵だ。

自分たちが住む土地の領主ではあるが、ラインハルト伯爵の姿をこんなに間近で見るのは初めてだった。

姿絵で見るよりも凜々《りり》しく、若い頃はさぞかし……と思わせる美丈夫だった。

二人は緊張に身を固くしつつ、衛兵に促されるまま部屋に入り、深々と頭を下げた。

「はじめてお目にかかります、ラインハルト伯爵様」

訪れたのは、ほんの少しの沈黙。

その沈黙がとても長く感じられ、緊張からティルの額に冷たい汗が滲《にじ》んだ。

ラインハルト伯爵はゆっくりと立ち上がり、こちらに歩み寄ってくる。

コツコツと近付く足音はすぐ目の前まで来て止まった。

磨き上げられたブーツの先が目に入る。

一体何を言われるのだろう？

頭を上げられないままにそう思っていると、伯爵は突然豪快に笑い、

「いや、よく来てくれた、アルバートの孫たちよ！」

と両手を大きく広げて二人の肩を強く抱いた。

思いもしないことにハンスとティルは「はい？」と顔を上げる。

「まずは晩餐《ばんさん》だ。彼らを案内しろ」

ぱんぱんっ、と手を叩く伯爵に、メイドたちは「はい」とうなずく。

「アドラーご兄弟様、どうぞこちらへ」

頭を下げてそう言うメイドに、ハンスとティルは、はあ、と洩《も》らして後を付いていった。


ティルとハンスは、メイドに案内された部屋に入った。

「さあ、座ってくれ」

と、ラインハルト伯爵が微笑む。

彼の隣には、銀色の髪に、蒼《あお》い瞳が印象的な美しい少年の姿があった。

「ああ、紹介しよう。私の妻の妹の息子——つまり甥《おい》だ。子どものいない私にとって息子に等しい可愛い存在だ」

「レイリー・シュタインです」

きめ細かな肌に整った顔立ちで、まるで少女のように綺麗な少年が会釈する。

彼も本当は女性なのでは？　とティルは訝ったが、喉仏が目に入り、思わず自分の喉に手を当ててしまった。

「おい、ティル、すげえご馳走《ちそう》だな」

と、ハンスが興奮気味に言う。

テーブルには見たこともないようなご馳走が並んでいた。

機嫌のよい伯爵に促されるままテーブルに着き、ワインとエールで乾杯した。

「アルバートの孫がもうこんなに大きくなったとは驚いた。二人のご両親は？」

愉快そうにワインを口に運ぶ伯爵に、

「父は昔、戦争で亡くなりまして……その後に母は病気で」

ティルがそう告げると、伯爵は途端に表情を曇らせ「そうか」と目を伏せる。

「それは悪いことを聞いたな」

「いえ、そんな」

へぇ、とレイリーは頬杖《ほおづえ》をつき、

「君の父親は、あの大魔導士と謳《うた》われたアルバートの子どもだよね。それでも、災厄から身を護《まも》れなかったんだ？」

と、少し試すような口調で訊《たず》ねる。

実は、とティルは身を縮ませた。

「祖父とは離れて暮らしていたんです。父と祖父は絶縁状態だったみたいで。母が死んですぐに、祖父が僕たちを迎えに来てくれて……」

祖父は、両親を亡くして路頭に迷っていた時に、ふらりと迎えに来てくれたのだ。ハンスとティルは、祖父の存在だけは知っていても、会うのは初めてだった。

祖父と父は、そりが合わなかったそうだ。

それは、父のこじらせた嫉妬《しっと》からきていたのだろう。

父は魔導士に憧《あこが》れながら、魔力を持っていなかったのだ。祖母の死をきっかけに、二人は大きくぶつかり合い、結果的に家を出て、ほぼ絶縁状態だったらしい。

そうしてホーロ村に連れて来られることになった時に、

『ティル、魔女狩りの風習が残っている今の世の中、女の子は生きにくい。しばらく男の子の恰好《かっこう》をしていなさい』

と命じられた。

ティルは、過去を振り返り、そういえば、と眉根《まゆね》を寄せる。

あの時じいちゃんは『しばらく男の子の恰好をしていなさい』と言ったんだ。

でも、しばらくって、いつまでなんだろう？

「アルバートが、私を救ってくれた話を、君たちは知っているか？」

ワインを手にそう尋ねた伯爵の言葉に、ティルは我に返って顔を上げた。

「はい、なんとなくですが」

「確か、半世紀前、この城の悪魔祓《ばら》いをしたとか……」

そう言った二人に、伯爵は目を細めて微笑む。

「私がこの城の城主となったのはわずか十五歳の時だった。体の弱かった父が病死して、他に男の兄弟がいなかったこともあってね。ひ弱な若造が伯爵となったことで、領地を狙われることを懸念した母が、人知れず悪魔と契約したんだ。私に強大な力を授けてくれと。結果、母は悪魔に肉体と魂を持っていかれ、私の体も悪魔に乗っ取られた」

思いもしない伯爵の壮絶な話に、ハンスとティルは驚きから言葉を詰まらせた。

「悪魔に体を乗っ取られた私は人が変わってしまってね。横暴な圧政を始め、領民が嘆き苦しむようになった。本当の私は内側で小さくなって震えていたんだよ。そこに現われたのが、アルバート・アドラーだった」

二人は、黙って彼の話の続きを待つ。

アルバート・アドラーは颯爽《さっそう》とこの城に乗り込んで、ホールに大きな魔法陣を描き、この城を支配する悪魔と戦った。

その戦いのさなか、ラインハルト伯爵の意識の内側に呼びかけたのだという。

『君がしっかりしなくてはいけない。意識を強く持って、君が悪魔を追い払うんだ』

「あの時のことは、昨日のことのように覚えているよ……」

と、ラインハルト伯爵は、懐かしそうに目を細めた。

アルバート・アドラーが放った光は、まるで雷鳴のようだったという。

氷が一瞬にして溶けるかのように、悪魔は煙となって消え失《う》せた。

「そうして、我が城、そして領地に平和が戻ったんだ。私はその時に誓った。小さくても富んでいなくともいい、自分の領地がいつも明るい笑顔で溢《あふ》れるよう、しっかりと護っていこうと」

そう言って懐かしげに目を細めた伯爵に、ハンスとティルは『そんなことがあったんだ』と相槌《あいづち》をうった。

「それで、あの……伯爵様、今回俺たちを呼ばれたのは？」

そう尋ねたハンスに、伯爵は小さく笑った。

「おお、君たちに会えた喜びから本題に入るのが遅くなってすまん。実は仕事をお願いしたいのだ」

「仕事、ですか？」

ああ、とラインハルト伯爵は、レイリーに視線を移す。

「僕の親戚――ノア・バランド伯爵のところへ行ってほしいんだ」

「そう、世にも美しい城の呪いを解いてほしい」

そう言って、にこやかな笑みを見せたレイリーと伯爵を前に、ハンスとティルはぱちりと目を見開いた。

3

そうして、ティルとハンスは今、バランド城を目前にしている。

ティルは、木々の向こうに立つ美しい城を眺めながら、ラインハルト城でのやりとりを思い出した。

『ええと、その仕事とは、それはじいちゃんにじゃなくて、俺たちにですか？』

確認するように尋ねたハンスに、ラインハルト伯爵は笑みを浮かべてうなずく。

『そう、アルバートではなく君たちにお願いしたい』

『あの城には、レイリー同様、息子のように可愛く思っている齢の離れた従弟《いとこ》がいる。

彼が背負う呪いを解いてほしい』

『……呪い、ですか？』

を上げた。

『そう、呪いだ』

そう言うと、ラインハルト伯爵は鋭い眼光でティルとハンスを射貫《いぬ》きながら、口角
有無を言わせぬ迫力を感じて、ティルとハンスは身を縮める。

『わ、分かりました。お引き受けさせていただきます』

そうそう、とレイリーが付け加えた。

『ひとつお願いしたいのは、自分たちが魔導士であることを彼には伏せておいてほしいんだ。そういうの、すごく嫌がるから』

ハンスとティルは『はい？』と素《す》っ頓狂《とんきょう》な声を上げた。伯爵は話を続ける。

『そうなんだよ。彼は、呪いや悪魔の存在を認めようとはしない。よって君たちは表向きは私からの客人として仕事が終わるまでその城で過ごしてほしいのだ』

『ですが、いきなり客人って不自然極まりないのでは？　突然伯爵の客として押しかけて、城で過ごして、こっそり仕事をしろってことですか？』

『まぁ、がんばってくれたまえ』

『あっ、もうすぐ、バランド城で恒例の舞踏会があるんだけど、その時に僕に会っても、初対面の振りをしてよね』

と、レイリーが続ける。

そんな無茶な要求を受け、あれこれと策を練った結果、『ラインハルト伯爵が目をかけている画家に、美しいバランド城の絵を描かせるために滞在させる』という名目で城に押しかけることにしたのだった。

城を見上げていた二人は馬車に戻り、改めてバランド城へと向かう。

ラインハルト伯爵の言葉を反芻《はんすう》し、

「呪いって、城にかかっている呪いなのかな、それともノア・バランド伯爵にかかっているものなのかな？」

ティルがポツリとそう洩《も》らした瞬間、

「見ろよ、ティル！　すげえ高い橋だ」

と、ハンスが窓から顔を出して声を上げた。

馬車は、跳ね橋をわたっていた。橋の遥《はる》か下には、川が流れている。

城門をくぐり抜けたところで、馬車が停まった。

「長旅お疲れ様でした。バランド城に到着しましたよ」

馬車から降りると、まず目に飛び込んできたのは、真っ赤な薔薇《ばら》が咲き誇る美しい中庭だ。馬に跨《また》がり剣を手にしている騎士の像と、彼が倒そうとしているのであろう、ドラゴンの像が対となっていた。騎士とドラゴンを見守るように咲き乱れる真っ赤な薔薇は、まるで戦場に散る血のように見える。

「……本当になんて美しさだ。驚いたな。絵を描くってのはここに居座る口実だったけど、本気で描きたいよ」

ハンスは息を呑《の》みつつ、指で枠を作ってその景色を覗《のぞ》いていた。

「さすが、兄さんは絵描きだね。僕はこんな美しい景色を前に、『描きたい』なんて思えないもの」

だが、その気持ちは理解できるほど、この中庭の夕景は美しい。

山の下からこの城を目にした時にティルが感じた黒い霧はここでは感じられなかった。

「こちらです」

御者が歩き出そうとしたときに、城内へと続く回廊から、燕尾服《えんびふく》を身に纏《まと》った白髪の老紳士が姿を現わした。

「お待ちしておりました、アドラー様」

そう言って優雅に頭を下げた老紳士に、ハンスとティルは、どうも、とぎこちなく頭を下げ返す。

「わたくしはこの城の侍従長セルジュと申します。この度はこの城を描きに来てくださったとのこと、心より嬉《うれ》しく思います」

にこやかに笑みを浮かべた侍従長セルジュに、ハンスは「いやー、いえいえ」と弱ったような笑みを返した。

「聞いたところ、ラインハルト伯爵が心酔されている素晴らしい画家であられるとか」

「あ？　はぁ、まぁ」

「ハンス様の描かれた絵は見る者の足を止め、必ずや涙腺《るいせん》を刺激すると聞いております。わたくしどもはラインハルト伯爵が、それほどまでに絶賛される画家である貴方《あなた》様の作品を拝見できることを今から心より楽しみにしております」

嬉しそうに話すセルジュに、ハンスは顔を引きつらせて笑う。

「はは、いや、その、がんばります」

「それではどうぞこちらへ」

ティルとハンスは、セルジュの後について、城内に入った。

広いホールには、高い天井に煌《きら》びやかなシャンデリアが下がり、大きな窓からは緋《ひ》色《いろ》の西日が差し込んで、目に眩《まぶ》しいほどだった。

そこで待っていたのは、髪をキッチリとまとめ、シンプルな藍色《あいいろ》のワンピースを身に纏《まと》った中年の女性だ。細い体に意志の強そうな瞳《ひとみ》が印象的だった。

「ようこそいらっしゃいました。わたくしはメイド頭のアンナと申します」

挨拶《あいさつ》をして深く頭を下げたアンナに、ハンスとティルは『なるほど、まさにメイド頭って感じだ』と妙に納得しつつ会釈を返した。

「早速ですが、この城には色々と規則がございまして」

「規則？」

「はい、それはこの城をご案内しながら、説明させていただきます。どうぞこちらへ」

「は、はい」

ティルとハンスは、颯爽《さっそう》と歩き出すアンナの後を追って、大ホールを後にし、再び回廊に出る。柱の向こうに望む壮大な景色に、二人は息を呑んだ。

「素晴らしい眺めですね」

「……この城は、百五十年前に建てられたのですが、元々、俗世に疲れた当時の城主が晩年は穏やかに美しい物を眺めて暮らしたいと建てた別邸だったのです」

歯切れよく答えるアンナに、ティルは、なるほどなぁ、とうなずく。

まさに、ここは隔絶された別世界という感じがする。

「そして今のノア・バランド伯爵も、世の喧騒《けんそう》から離れたいと二年前にこちらに移り住まれまして」

アンナはそう言って、小さく息をついた。

その言葉に、ハンスとティルは『ん？』と顔を見合わせる。

「それまではバランド伯爵は、どちらに？」

「王都にいらっしゃいました」

王都は、ラインハルト城よりも五里へだてた山の向こうにある。ティルは行ったことがないが、祖父は仕事でよく王都へと招かれていた。祖父曰《いわ》く、人も物も溢《あふ》れている賑《にぎ》やかな都会だそうだ。

「ノア様がお移りになる際に、長くお仕えしているわたくしたちもこの辺境の城に……」

アンナの言葉からこの隔絶された城での生活が不本意であるのが伝わってきた。

美術品のような美しい城に住み、絶景を眺めて暮らしていても、都会暮らしを好む人間には退屈なだけなのかもしれない。

アンナは、階段を上り大きな扉の前で足を止め、

「こちらが城主、ノア・バランド伯爵の書斎です」

咳払《せきばら》いをして喉《のど》の調子を整えたあと、コンコンと扉をノックした。

「失礼します、ノア様」

アンナは、そう言うなり返事を待たずに扉を開けた。

重厚な書斎のデスクには、不愉快そうに眉《まゆ》をひそめる青年の姿があった。

年の頃は二十歳前後。艶《つや》やかな黒髪に、深い紫色の瞳。

美しい顔立ちは、整いすぎて冷ややかさすら感じさせる。

ティルとハンスは、その美貌《びぼう》に気圧《けお》されて言葉が出なかった。

——驚いた、この人が、ノア・バランド伯爵。

なんて若く美しい伯爵なんだろう。

俗世を嫌って辺境の土地に引っ込んでいるというから、もっと大人しそうな人なのかと思っていた……とティルは意外に思う。

「アンナ。どうして君は何度注意しても返事を待たずに扉を開けるのでしょう？」

若き伯爵、ノア・バランドはメイド頭相手でも丁寧な口調で言って、やれやれ、と肩をすくめる。

「読み物に夢中になられて、お返事をしていただけないことが多々ございますので」

アンナは、しれっと答え、ハンスとティルに目を向けた。

「アドラー様がお着きになりました」

「はじめまして、ハンス・アドラーです」

「弟のティル・アドラーです」

慌てて頭を下げる二人に、ノアはわざとらしいほどの笑顔で小首を傾げる。

「ええと、どなたでしょうか？」

「ですから、アドラーご兄弟様です。ラインハルト伯爵が……」

アンナがそう言いかけると、

「その名は聞きたくありませんね」

と、ノアは頬杖《ほおづえ》をついて、目をそらす。

「この城の絵を描きに来られた画家の方でございます」

アンナの紹介を受けて、ハンスはバッグから小さなキャンバスを取り出し、

「えっと、これが俺の作品でして、うちの村を描いたんですけど……」

そう言うと、ノアの前まで歩みより、机の上にキャンバスを置いた。

ノアはその絵に視線を落としたあと、すぐににこりと微笑んだ。

「そうですか。こんなところまで、わざわざご苦労様です」

優しい言葉にハンスとティルは、頬を紅潮させたのも束《つか》の間、

「ですが、申し訳ない。早急にお帰りいただけますか」

ノアは笑顔のまま、冷ややかにそう続けた。

えっ、とハンスとティルが硬直していると、ノア様、とアンナがとりなすように言う。

「アドラー様がお越しになることは、事前に伝えておりますし、ご了承いただいたはずですが？」

どうでしょう、とノアは肩をすくめた。

「どうせ、山ほどある伝達事項の中に紛れ込ませたのでしょう？」

「ラインハルト伯爵からぜひにとのことです。ラインハルト様には、幼い頃よりお世

話になっておられますでしょう」

　少し強い口調でアンナが言うと、

「僕が、あのお節介ジジイにうんざりしているのは知ってるでしょう」

　それまで丁寧な口調だったノアが、顔をしかめて言う。

　その様子を見て、ティルは思わずプッと笑った。

「何が可笑《おか》しいのでしょうか？」

　ノアはすぐに表情を戻して、ティルに視線を移す。

「ごめんなさい。品行方正な伯爵様も『ジジイ』だなんて、兄さんみたいなことを言うんだなって」

　ティルは口に手を当てて、肩をすくめた。

「…………」

　ノアは眉を寄せてゆっくり立ち上がり、ティルの前まで歩み寄る。

　戸惑うティルの顎《あご》をつかんだ。

「君は、女の子……ですか？」

　その言葉に、ティルの心臓がバクンと跳ねた。

「な、何言ってるんですか、僕は男です」

「そ、そうっすよ、うちの弟は町一番の美少年で」

慌ててそう言う二人に、ノアは露骨に顔をしかめた。

「……本当に？」

と、ノアがティルの顔を覗《のぞ》き込む。

間近で見たノアの顔はより美しく、ティルは弾《はじ》かれたように、彼の体を突き飛ばした。

「し、失礼なことを言うな！　僕はちゃんと男だ！」

と、声を張り上げたあと、伯爵になんてことを、とティルは顔を蒼白《そうはく》にさせた。

しかし当のノアは、「それは失礼」と気にも留めていない様子でティルから離れ、再びデスクにつく。

「あの、伯爵、俺たちはただ絵を描かせてもらうだけでいいんすよ。そうしたらひっそり帰りますから」

「そうです、仕事が終わったら、すぐ帰りますから」

必死に言い募るハンスとティルに、ノアは顎に手を当てて、しばし黙り込む。

「……この城の決まりについては？」

ややあって静かに問うたノアに、ハンスとティルは小首を傾げ、

「これから説明しようと思っておりました」

アンナがすぐに、んんっ、と喉の調子を整える。

「アドラー様、この城には大切な三つの決まりがあります」

強い口調で話すアンナを前に、ハンスとティルは思わず背筋を伸ばした。

一つ、とアンナは人差し指を立てる。

「この城には中央の居住塔と東塔、西塔があります。ですが東塔には絶対に足を踏み入れないこと。二つ、この城について詮索《せんさく》することを禁じます。それに加えて見聞きしたことを外に洩《も》らさないこと。三つ、これが一番大事なことです。深夜十二時以降は絶対に部屋の外に出ないこと」

と、アンナは最終的に三本指を出しながら強い口調で言う。

その間、ノアは何も言わなかった。

ハンスとティルは少し呆然《ぼうぜん》としながら、はあ、と洩らす。

……これって、この城にいてもいいってことなのかな？

「この城に滞在するのならば、今の決まりを守ること。僕からはそれだけです」

そう言うと、ノアは手元の書類に視線を落とす。

アンナは、それでは、とノアにお辞儀をし、ハンスとティルを見た。

「アドラー様、お部屋にご案内します」

「あっ、はい」

「ありがとうございます、伯爵」

ハンスとティルは、ノアに会釈をし、アンナと共に書斎を後にした。

4

「こちらが、アドラー様のお部屋です」

案内されたのは、広く豪華な客間だった。

大きなベッドが間隔を開けてふたつ並び、まさに貴族を思わせる華やかな意匠の調度品に、大きな窓の外に広がる絶景を見て、二人は「わあ」と声を上げた。

「しがない絵描きに、こんなすごいお部屋、いいんすか？」

そう声を上げたハンスに、アンナはにこりと微笑んだ。

「もちろんです。ラインハルト伯爵のお客様ですから。ゆっくりおくつろぎいただき、ご自由にお過ごしください。ただ、先ほど申し上げた通り『決まり』は必ず守ってくださいませ」

「あの、その決まりは、アンナさんたちも守っているんですか？」

ティルがおずおずと尋ねると、アンナは苦笑を浮かべた。

「二つ目までは、外部の方に対する決まりです。最後の深夜十二時以降に部屋を出てはならないという決まりは、城の者皆が守っております」

「それは伯爵も？」

「さようでございます」

「どうしてそんな決まりが？」

身を乗り出したハンスに、アンナは冷ややかな目を見せる。

「詮索はしないという決まりですよ」

「あ、そうっすね、すみません」

ハンスは、バツの悪さにクシャクシャと頭を掻《か》く。

「それでは、ごゆっくりお過ごしください」

アンナは頭を下げて、そのまま部屋を出て行った。

パタンと扉が閉まるなり、ティルとハンスは緊張から解放され、大きく息を吐き出した。

「しっかし、伯爵の男前っぷりにはビビッたな。姿絵を売り出したら飛ぶように売れそうだと思わねぇ？」

ハンスは、荷物を床に置いて画材を用意しながら、しみじみと言う。

「また、兄さんはそんなことを……」

ティルは呆《あき》れたように肩をすくめつつ、あらためてこの城の伯爵、ノア・バランドの姿を思い浮かべた。

顔を覗き込まれた時、艶《つや》やかな黒髪に、冷たげな美しい紫の瞳《ひとみ》が間近にあって、息が止まるかと思った。

兄以外の若い男の人とあんなに接近したのも初めてだった。

今になって、ティルの心臓がドキドキと強く音を立て始める。が、それを振り払うように頭《かぶり》を振っていると、ハンスがキャンバスを手に、よし、と顔を上げた。

「そんじゃあ、城ん中探索といくか。……ってティル、真っ赤になってどうした？」

「う、ううん、なんでもない。行こうか」

「ああ。この城の『呪い』とやらを解くための下調べだ」

ハンスの言葉に、ティルは気持ちを切り替え、「うん」と強くうなずいた。

自分たちの仕事は、この城の『呪い』を解くこと。

ティルは勇んで、ハンスと共に部屋の外に出た。

「どうだ、ティル、何か感じるか？」

城内をキョロキョロと見回し歩きながら訊《たず》ねるハンスに、ティルは首を捻《ひね》る。

「特に何も。人を寄せ付けない雰囲気みたいなものは最初に感じたんだけど」

城の外からは黒い霧のようなものが見えたけど、中に入ってしまえば特に忌まわしいものは感じない。

「だよな。俺は素人だけど、今まで依頼があって行ったところの方がよっぽど変な雰囲気があった気がする」

「たしかにそうだよね」

こんな古い城ならば、何かを感じてもおかしくはない。

それなのに、不思議なほどに何もないのだ。

では、あの、黒い霧のようなものはなんだったというのか。

伝えられた、三つの決まりに何か秘密があるんだろうか？

東塔に行かない、詮索と口外をしない、そして十二時以降部屋の外に出ない、か。

「まだ、全然つかめないね」

「まあ、広い城だし、もっと調査を進めないとだな」

そうだね、とティルはつぶやき、再びノアのことを思い浮かべた。

美しくて、人を寄せ付けなくて、つかめない。

この城はまるで城主、ノア・バランド伯爵そのものだ。

そんなことを思いながら、城内を歩いていると、

「アドラー様、ご夕食の準備が整いました」

背後で声がして、ハンスとティルは体をビクッとさせて振り返る。

そこには、侍従長のセルジュが口許《くちもと》に上品な笑みを湛《たた》えて立っていた。

「あ、はい、ありがとうございます」

「うわあ、良かった、腹ペコだったんです」

取り繕わないハンスに、ティルは頬を赤らめ、セルジュはふふっと笑った。

「お二人はおいくつですか？」

「えっ？　俺が十七で、ティルは十六です」

それはそれは、とセルジュは嬉《うれ》しそうに目を細めた。

「我が城主と齢《とし》が近いですね。ノア様は十八になられたばかりなので」

ええっ、とハンスとティルは、驚きの声を上げた。

「伯爵ってまだ十八歳なんすか？　すげー、大人っぽい」

「うん、てっきり二十歳越してるのかと」

露骨な反応をする二人に、セルジュは愉《たの》しげに首を横に振る。

「いえいえ、そんなことは。ノア様は、この城にこもりきりなので、齢の近いハンス様やティル様の明るさに触れて、少しは変わってくださるといいのですが」

遠くを見るような目で話すセルジュに、ティルとハンスは顔を見合わせた。

「伯爵って、齢の近い友達とかいないんですか？」

「そうですね。友達というか、親戚《しんせき》に一人だけ仲が良い方がいるのですが……」

セルジュの言葉を聞いて、ティルはピンときた。

おそらくラインハルト伯爵のところにいた美しい少年、レイリーのことだろう。

「その仲の良いご親戚は、よく城に来られるんですか？」

「以前はよく。ですが、最近はここに来るのをご両親に反対されていましてね……」

セルジュはそこまで言って、

「ああ、食堂へ向かいましょう。こちらですよ」

すぐに話題を変えて、歩き出した。

何か事情がありそうだ、とハンスとティルは顔を見合わせた。

食堂は白い漆喰《しっくい》の壁で、中央に白いテーブルクロスがかけられた長テーブルがある。テーブルの上には燭台《しょくだい》と、鴨肉のソテー、サラダ、スープ、果実、そして柔らかそうなパンが並んでいた。装飾は他の部屋と比べるとシンプルに感じられたが、その分、晩餐《ばんさん》が映えて見える。

ハンスはごくりと喉《のど》を鳴らした。

「すっげぇご馳走《ちそう》だな」

ティルも、すごいね、と圧倒されながらうなずく。

「どうぞ、おかけください。たくさん召し上がってくださいね」

「お飲み物もおかわりがたくさんありますよ」

メイドたちはにこやかに言う。

ティルは彼女たちを見て、はにかんで会釈をした。

「本当にありがとうございます」

するとメイドたちは、途端に頬を赤らめる。

「いえ、そんな」

メイドたちはそそくさと壁際に並び、『さっきはお兄さんの陰にいて気が付かなかったけど、なんて綺麗《きれい》な男の子なの？』『このお可愛らしさと美しさは、レイリー様より上かもしれないわね』と、コソコソと話している。

そんなメイドたちの言葉は、ティルの耳にも届いていた。

ティルは気恥ずかしさに俯《うつむ》きながら、全知全能の女神に向かって食前の祈りを捧《ささ》げるために手を組む。その横で、ハンスが簡単に祈りを捧げ、

「それじゃあ、いっただきまーす！」

すぐにガツガツと食べ始め、「うっめー」と声を上げる。

「……まったく兄さんは恥ずかしいな」

ティルは呆れつつ「いただきます」とパンやスープ、鴨肉のソテーを口に運んだ。

「美味《おい》しい！」

ティルも目尻《めじり》を下げていると、食堂にくっくと笑い声が響いた。

驚いて顔を上げると、ノアが愉快そうにこちらを見据えている。

「は、伯爵様！」

メイドたちは驚きの声を上げ、

「今日はこちらでお召し上がりになるのでしょうか？」

慌ててテーブルのセッティングに入ろうとする。

「いや、いいです。ここに来たのは、ラインハルト伯爵が寄こしたという兄弟がどんな人物なのか知りたいと思っただけなので」

ノアはそう言ってティルたちの対面の椅子を自分で引いて、腰を下ろす。

「僕たちを知るため？」

と、ティルが食事の手を止めて訊ねると、ノアはにこりと笑ってうなずいた。

「ご存じでしたか？　相手がどんな人物か知りたい時、食事をしている姿を見るのが一番てっとり早いんですよ。食べる姿には育ちから本性まで、その者のすべてがあらわれる」

その言葉に、壁際に立っていたメイドたちの顔が一斉に蒼白《そうはく》になった。

つまり、お里が知れる、というわけだ、とティルは身を縮める。

貴族でありながら、庶民の自分たちにも丁寧な言葉を使うノアは、一見好印象だが、実のところ食えない人物のようだ。

しかし、ハンスは鴨肉を口いっぱいに入れながら、ノアを見た。

「んで、俺たちを見て、どんな人間か分かったんすか？」

口をもごもごさせながら言うハンスに、ノアは苦笑した。

「……まずは、口の中のものを胃に入れてから話しましょうか。そうですね。あなたにとって、食事は奪い合うものだったようですね」

うおっ、とハンスは目を見開いた。

「すっげぇ、そうなんすよ。じいちゃんといつも奪い合いで。まさに戦争です」

「ちょっ、兄さん」

立ち上がる勢いで反応するハンスに、ティルは兄の服を引っ張って座らせる。

「一方で、弟君は、その戦いに参戦していなかったようですね？」

と、ノアは、ティルに視線を移す。

「……僕は小食なので」

ティルは肩をすくめた。

ノアの言う通り、アドラー家の食卓は、いつも騒がしかった。

『くっそー、俺の肉を返しやがれ！』

『冥土《めいど》の土産だというのに、冷たい孫じゃ』

『黙れ、クソジジイ、もう何年も冥土ネタを盾にしやがって』

『クソジジイじゃと、もう一回言ってみぃ！　お前の脳天に雷を落としてくれるわ！』

それが、祖父とハンスのよくあるやりとりであり、その間、ティルは呆れて見守っていた。

かつての風景を振り返ったあと、ティルは、あの、とノアに視線を移した。

「本性を見にきたということは、僕たちを警戒してるってことですよね？」

それはもちろん、とノアは頬杖《ほおづえ》をつく。

「母をはじめ、親戚――主にラインハルト伯爵のことですが――、彼らが僕をこの城から連れ出そうと、あの手この手を使って画策してくるんです。僕はそれがわずらわしくて仕方ない」

「えっと、お母様やラインハルト伯爵は、どうしてそんなことを？」

ティルが小首を傾げると、ノアは言葉を詰まらせた。

「……それはこちらの話であなた方には関係ないことです。とりあえず、あなた方の姿を見たところ、そういった意図を受けてきたわけでないことは分かりました。警戒するまでもないのかもしれません」

つまり、脅威に値しない、取るに足らない存在とみなしたと言われているのだろう。

「なるべく早くに絵を描いて、お帰りいただきたい」

そう続けたノアに、ハンスとティルは、はい、と首を縦に振る。

「では、僕からはそれだけです」

そのまま立ち去ろうとするノアに、ティルは、あっ、と声を上げた。

「あの、伯爵、ありがとうございます」

うん？　とノアは動きを止めた。

「こんなに美味しい鴨肉を食べたのは生まれて初めてです」

と、ティルは笑顔で言って、頭を下げる。

「いや、本当に！　俺ら庶民には一生の思い出ですよ。絵に描いて残したいくらいです！」

続けてそう言ったハンスに、ノアは弱ったように目をそらした。

「それは良かったです」

ノアは素っ気なく応《こた》えて、そのまま食堂を後にした。

彼の姿が見えなくなったあと、古株らしきメイドたちが集まってきて、小声で言った。

「ハンス様、ティル様、ご気分を害されたなら、申し訳ございません。ノア様は一見、人当たりが良いのですが、実はとても、その、ああいうところがありまして」

「そうなのです。お姿は美しいのですが、腹の内がその、やや黒いと申しますか」

「いえ、そんな」

彼は必死に何か護《まも》っているものがあるに違いない、とティルが心の中でそう付け足

していると、

「気分を害するってなんで？」

ハンスはパンを口に詰められるだけ入れながら、心底不思議そうに顔を上げた。

その姿にメイドたちはプッと噴き出し、ティルは「兄さん……」と額に手を当てた。

5

夕食を終えて、部屋に戻ったハンスとティルは、すぐに調査の支度に入る。

ハンスはバッグから魔法陣が描かれた大きな布を取り出して、床に敷いた。

「これぞ新発明、いつでもどこでも魔法陣だ！」

わっ、とティルは素直に感心した。

「すごい、これがあればいちいち描かなくてもいいんだね」

「すげーだろ。さっ、ティル、上に立ってみてくれ」

「うん。変な気配は感じないけど、とりあえずやってみるね」

ティルはそう言って魔法陣の中央に立ち、スゥッと息を吸い、

「……我が名はティル・アドラー」

と胸に手を当てる。

魔法陣が青く光り出し、螺旋《らせん》状に風が床から天井へと立ち上がりティルの服や髪を舞い上げた。

「この城の人ならざる者よ。我は汝《なんじ》の声を聴く者なり。冥界《めいかい》の門を護る門番よ。今ここに、この城に棲《す》まう者を導きたまえ」

そう告げるも、なんの変化もなかった。

「あ、あれぇ……いつもなら声が聞こえたり、姿が現われたりするんだけどな」

こんな古い城なら、多少なりとも霊の類《たぐい》の反応があってもおかしくない。

「こんなにも何も変化がないなんて……」

首を捻《ひね》りながらそう言ったティルに、ハンスは唸《うな》りながら腕を組んだ。

「ティル、お前、疲れてるんじゃないのか？」

「そ、そうかも。なんたって長旅だったし、疲れがたまってるのかも」

「そうだよ、きっと。今回は急ぎの仕事じゃないんだから、とりあえずゆっくり休んで、じっくり調査しようぜ」

「……そうだね」

ティルは素直にうなずいて、魔法陣の外に出る。

「それじゃあ、寝る準備をしようか」

「ああ」

寝支度を整えてベッドに入り、目を閉じる。

自分が眠ったのか眠っていないのか曖昧ななか、夢うつつに響くボーンボーンという柱時計の音。

ボーン、という音の数は、十二で止まった。

ああ……十二時になったんだ。部屋から出てはいけない、禁忌の時間。

ティルは意識が半分朦朧《もうろう》とする中でそう思った。

――深夜十二時。

呪われた城が目覚めだす。

閉ざされた扉がゆっくりと開き、黒装束の使い魔たちが徘徊《はいかい》する。

清い処女《おとめ》を求めて、その血が欲しいと魔女が呻《うめ》く。

月にこだまするは嘆きと悲鳴。

そう、ここは、深紅の城。

第三章　深紅の秘密

1

「……変な夢を見た」

翌朝、ティルは食堂で朝食を摂《と》りながら、苦い顔でぽつりと零《こぼ》した。

「大丈夫か、お前、すげー顔してるぞ」

「寝たのか、寝てないのかよく分からなくて」

ティルは、はぁ、と息をついて、パンを口に運ぶ。

「どんな夢を見たんだ？」

「それがよく覚えてなくて……柱時計が十二時を知らせた時、黒装束のガイコツがランタンを持って歩いていたような……歩いていなかったような？」

「どっちなんだよ、歩いてたのか、歩いてなかったのかハッキリしねえな」

そう言って舌打ちしたハンスに、「喰《く》いつくところはそこ？」とティルは思わず笑いながら、「多分歩いてた」と答えていると、

「おはようございます、ハンス様、ティル様」

侍従長セルジュが、にこやかに歩み寄って来た。

おはようございます、と二人が挨拶《あいさつ》を返す。

「今日は絶好のスケッチ日和でございますね、ハンス様」

満面の笑みを浮かべたセルジュに、『早くいい絵を描けよ』という圧力を感じたハンスは顔を引きつらせつつうなずいた。

「あー、そうっすね。今日から早速取り掛からせてもらおうと思いますが、絶好のスケッチポイントがあれば」

「それはもう、まずは、物見の塔から見るバランド城でしょう」

「物見の塔？」

「敷地の端にある高い塔です」

「へぇ、そんなのがあったんだ」

「外から見たら、ちょうど、東塔に重なって見えにくいかもしれませんね」

そう言うセルジュに、ハンスは、ははっと笑う。

「そうですよね。まずは城の外観っすよね」

セルジュが立ち去った後、しまったな、とハンスは頭を掻《か》いた。

「絵を描くって口実で城の中を調べようかと思ったのに」

「いいよ、調査は僕がしておくから、兄さんは絵に集中して。それに、これがキッカケで絵描きとして名前が売れるかもしれないし。そうしたら魔導士は廃業できるでしょう？」

と、ティルは小声で返す。

「おう、そうだな。それじゃあ調査の方はお前に頼むわ」

と、ハンスは、奮起した様子で拳《こぶし》を握り締めて言った。


「そんじゃ、行って来るな」

ハンスは画材が詰め込まれたリュックとキャンバスを持って、城の外へ向かう。

「うん、行ってらっしゃい、兄さん」

城内に残されたティルは『見学』という名目で城の調査に取り掛かることにした。

バランド城は、簡単に言うと三つの居住塔で形成されていた。

中央のメインの大きな居住塔を挟んで、東塔、西塔。

パーティルームやホール、書斎は中央で、ティルたちの部屋は西塔にある。

「そして、東塔は立ち入り禁止、と」

ティルは城内を歩きながら、ふぅん、とうなずいた。

やっぱり、東塔に何か秘密があるんだろうな。東塔に行ってみたいけれど、見付かったら怒られるうえ、追い出されかねないし、何より広すぎて行き方が分からない。

どうしたものかな……と、ティルが洩《も》らしながら廊下を歩いていると、ほんの少し扉が開かれた部屋からグスグスと泣く声が耳に届いた。

ティルは足を止めて、そっと覗《のぞ》き見る。

そこには十歳前後の幼い少女が、ベッドの上で蹲《うずくま》って泣いていた。フリルのたくさんついたドレスを纏《まと》っている。

驚いた、この城に子どもがいたんだ、とティルは胸に手を当てる。

あの素晴らしいドレスは使用人の子とは思えない。

伯爵の妹なのだろうか？　どうして泣いているんだろう？

「あの、大丈夫ですか？」

ティルがドアの外からそう声をかけると、少女は驚いたように体をビクッとさせて顔を上げた。ウェーブがかった栗色の髪に、髪と同じ色の大きな瞳《ひとみ》が印象的な、まるで人形のように愛らしく美しい少女だ。

「そなたは何者じゃ？」

警戒の目を向ける少女に、

「ご、ごめんなさい、驚かせる気はなかったんです。僕の名は、ティル・アドラー。兄と共にこの城の絵を描きに来ました」

ティルは慌てて頭を下げた。

「絵描き？　それでは、そなたは素晴らしい絵を描けるというのか？」

大きな目を輝かせた少女に、ティルは「あ、いえ」と顔を引きつらせた。

「絵を描けるのは兄で、僕は付き添いです」

「その兄はどこに？」

「今は物見の塔で、この城の外観のスケッチに」

「そうか、残念だ。わらわの姿を描いてもらいたかったのに」

残念そうに息をついた少女に、ティルは愛らしさを感じ笑みを浮かべた。

「それでは、兄に伝えておきますね。まだ名は売れていない絵描きなんですが、腕はなかなかのもので、きっとお嬢様のお姿をそのままに可愛らしく描き上げると思いますよ」

そんなティルの笑顔を見て、ほお、と少女は目を大きく見開いた。

「そなた、みすぼらしく小汚い身なりをしていると思っていたが、なかなか美しいな。近《ちこ》うよれ」

手招きをする少女に、ティルは「失礼します」と部屋に足を踏み入れた。

部屋の中にはクッキーの甘い匂いとかぐわしい紅茶の香りが漂っていた。

「ティルと言ったな。ここに座るがよい」

少女は自分の隣に座るよう、ポンポンとベッドを叩《たた》いて促した。

「は、はあ、失礼します」

こんな小汚い身なりの自分が貴族のお姫様のベッドに腰掛けていいんだろうか？

ティルは遠慮がちに隣に腰を下ろすと、

「なんて美しいプラチナブロンドじゃ。それにそなたの瞳はまるでエメラルドのようじゃな」

少女はそう言ってウットリと目を細めた。

「あ、ありがとうございます」

「わらわもそなたのような髪の色が良かった。翠《みどり》の瞳が欲しかった」

少女は、栗色の髪に手を触れて、シュンと目を伏せる。

ティルは微笑ましさを感じて、目尻《めじり》を下げた。

貴族のお嬢様だけあって、随分と上からものを言うと思ったけれど、やっぱりこういうところはただの女の子なんだ。

「お嬢様はそのままで十分すぎるほど、お可愛らしいし、お美しいですよ」

ティルがそう言うと、少女はパッと顔を明るくした。

「本当か？」

「ええ」

「良かった、嬉《うれ》しいぞ。さっきまでの憂いも晴れた」

「……お嬢様はどうして泣いていらしたんですか？」

多少の訊き難《にく》さを感じながらも気になっていたことを尋ねると、少女は動きを止めて、はぁ、と息をついた。

「退屈で退屈で嫌になっていたのじゃ。こんなところに閉じ込められて」

「閉じ込められているのですか？」

「わらわは、無理やりこの城に連れてこられたのじゃ。来とうなかったのに」

「無理やりってどうして？」

「伯爵に嫁ぐためじゃ」

「えっ、伯爵に？」

まだ、こんなに小さな女の子なのに？　とティルは少女を見る。

「驚くことはない。貴族の間では当たり前のこと。所謂《いわゆる》、政略結婚じゃ。だけどわらわは家に帰りたい。結婚などしたくない」

ティルは何も言えず、黙って少女の横顔を見た。

大きな瞳には、涙が溜《た》まっている。

貴族が羨《うらや》ましいと思ったことは何度もあるが、貴族は貴族で大変なことも多いのかもしれない。

ティルが慰めの言葉をかけようと口を開きかけた時、どこからか、「ティル様？ ティル様！」とセルジュの声が響き、少女は体をビクッとさせた。

「そなたを呼んでいるのであろう？ 行っていい。いいか、わらわに会い、会話をしたことは誰にも言ってはならんぞ。下々の者と親しくしたことを知られては、わらわが怒られるのじゃ」

強い口調でそう告げた彼女に、ティルは「はあ」とうなずいた。

「だが、ティルとやら。また遊びに来てくれるか？」

少し恥ずかしげにそう尋ねた彼女に、ティルは、ええ、とうなずいた。

「もちろんです」

少女はホッとした様子で、笑みを浮かべた。

「それではお嬢様、失礼いたします」

ティルが、部屋を出ようとすると、

「わらわの名は『シャーロット』じゃ。わらわの名を呼ぶことを許そう」

シャーロットと名乗る少女は、どこか不敵に微笑む。

「ありがとうございます。シャーロット様」

ティルは、胸に手を当てて頭を下げ、部屋を出た。

2

「しっかし、本当に綺麗《きれい》な城だよなぁ」

物見の塔から、城を眺め、ハンスは感嘆の息をついた。

白堊《はくあ》の城の上には、大きな鳥が羽ばたいている。

「こりゃ、創作意欲が湧くってもんだな」

と、ハンスは先を削った木炭を手に、キャンバスに向かって城のデッサンをしていく。

紅葉で色付いた木々の上にそびえ立つ白堊の城は、近寄りがたいほどに美しい。

しかし、どこか寂しさも感じさせた。

ハンスは賑《にぎ》やかなラインハルトの城下町を思い浮かべ、

「隠居用に作った城ってだけあって、近くに町もないし、本当に隔絶された城だよな」

避暑に来るくらいならいいのかもしれないが、ずっとここに住むとなると、孤独に苛《さいな》まれるかもしれない。

「すごく上手ね」

と、背後で声がして、ハンスは弾《はじ》かれたように振り返る。

そこには、頭巾《ずきん》をかぶった同年代――十六、七歳頃の少女が笑みを浮かべていた。

栗色のウェーブがかった髪に、同じ色の瞳を持つ美しい少女だ。

「うわ、驚いた。いつの間に」

「あなたバランド城に招かれた絵描きさんでしょう？」

「あ、うん」

「ちゃんと見せて」

と、少女は、キャンバスを覗《のぞ》き込む。

「やっぱり、すごく素敵。すごいわ。才能があるのね」

熱っぽく言う彼女に、ハンスは頭を掻《か》いた。

「いやいや、これは才能じゃないよ」

「こんなに素敵に描けているのに？」

「絵は描いていれば、誰でもそれなりに上手《うま》くなるものだしさ。才能があるっていうのは、そういうことじゃないんだ」

ハンスは、亡き祖父やティルの姿を思い浮かべる。

四大元素や星々の力を受け取って、人の目に見えないものを感知し、良からぬものを祓《はら》うことができる。ああいう、『特別な力』を才能というのだろう。

自分の絵も褒められたことはあるが、それは単に描き続けたことで、多少の技術が身についた結果だ。

やろうと思えば、誰だってできること。

ハンスがそんなことを思っていると、少女はまるで心を読んだかのように首を横に振る。

「そんなことないわ」

「えっ」

「才能には、色々な種類がある。絵を描きたいと思う心を育んで、描き続けるというのは、誰にでもできることじゃない。それも立派で素敵な才能よ」

ぶるり、とハンスの手が震えた。

「あなたの絵はとても素敵よ。あなたの素直で真っすぐな気持ちが溢《あふ》れている」

彼女は上目遣いで、ハンスを見詰める。

ハンスは直視できずに、目をそらし、頭を掻く。

「あっ、そういえば、俺はハンス。君の名前は？」

「シャーロットよ。よろしくね」

少女は、ふふっと笑って、ハンスの頬にキスをした。

3

「ティル様、ティル様」

城内を歩き回りながら、そう呼びかける侍従長のセルジュに、

「は、はい、ここに。お待たせしました」

ティルは、急ぎ足で駆け寄った。

「ああ、そちらにいらっしゃいましたか」

「せっかくなので城内を見学しようと思ったら、あまりの広さに迷ってしまって。勝手に城内をうろついてすみません」

いえいえ、とセルジュは首を横に振る。

「東塔以外でしたら、どこでもお好きなところをご覧くださいませ」

そう告げたセルジュに、ティルは身を小さくさせて「はい」とうなずいた。

『東塔には絶対に行くなよ』と釘《くぎ》を刺されたようだ。

やっぱり東塔に、何か秘密があるのだろう。自分を捜していたのも、東塔に迷い込んだのではと危惧《きぐ》したからかもしれない。

そんなティルの考えを察したのか、セルジュは言葉を続ける。

「咎《とが》めるつもりではありませんでしたので、どうか萎縮《いしゅく》なさらないでください。ただ心配なだけなのです。今日は新月ですので」

「新月がどうかしましたか？」

ティルがぽかんとすると、セルジュは弱ったように目をそらす。

「……この城は、慣れていない者には、迷いやすいです。なるべくお一人で行動されない方が良いでしょう」

はい、とティルは素直にうなずいた。

「そうすると、セルジュさんは、どうして僕を捜していたんですか？」

「少々お願いがございまして、お着替えいただけますでしょうか」

「へっ、着替え？」

ポカンと目を見開くティルに、セルジュは「はい」と会釈した。


「――セルジュさん、おかしくないですかね？」

セルジュから渡された燕尾服《えんびふく》に着替えたティルは、気恥ずかしさを感じながら衣装部屋から顔を出した。

金糸の縁取りが施された深緑のジャケットに、まるで女物のようにフリルのついたブラウス。ストライプのショートパンツに膝上《ひざうえ》ソックスにブーツ。

そんな慣れない恰好《かっこう》に戸惑い、もじもじしているティルを前に、セルジュやメイドたちは、「わあ」と顔を明るくした。

「なんてお美しいんでしょう、まるで物語から出て来た王子様のようです」

「貴族にだって、こんな美少年はなかなかいませんわ」

「よくお似合いですよ、ティル様」

と声を揃える皆に、ティルは頬を赤らめた。

「あ、ありがとうございます。でも、こんな立派な燕尾服、お借りしていいんですか？」

「ええ、それはノア様が十二の時にお召しになっていたものですので、お気になさらず」

「はあ、十二ですか……」

発育のいいお子様だったんですね、とティルは心の中で洩《も》らす。

「では、こちらに」

ティルは、セルジュの後について歩きながら、城内が騒がしいことに気が付いた。

メイドや侍従たちが慌しく立ち働いている。メイドはテーブルクロスや花瓶を手に足早に動き回っており、中庭に出ると侍従が庭師に交ざって、木々の剪定《せんてい》作業をしていた。

「騒がしくて申し訳ありません」

ティルが何かを言う前に、セルジュは申し訳なさそうに目を細める。

「今夜、この城で舞踏会があるので、その準備をしているのです」

「舞踏会！」

貴族が頻繁に開催しているという、あの舞踏会ですよね？　とティルは聞こうとして、恥ずかしくなりやめておいた。

それにしても、舞踏会なんて。

ラインハルト城下町の町娘たちも着飾って、広場で踊っていたけれど、あれとは格が違うのだろう。

「ただ、我が城主はパーティを好まれず、すこぶる機嫌が悪くておいでです」

確かに好きじゃなさそう、とティルは相槌《あいづち》をうつ。

「ノア様は、機嫌が悪いとあれこれとどうでもいい用事をわたくしに押し付けてこられるので困り果てていまして。お願いというのは、どうか、ティル様、ノア様の気を紛らしていただきたいのです」

「えっと、どうすれば？」

「ノア様と楽しくランチをしていただくだけでいいんです。では、わたくしは、舞踏会の準備にて忙しいので、こちらで失礼いたします」

そう言ってセルジュは初老とは思えぬ素早さでその場から姿を消した。

「え、ええと……」

つまり、自分は時間稼ぎ要員ということなのだろう。

ティルは、チラリと中庭のテーブルに視線を送る。

ノアはテーブルに頬杖《ほおづえ》をついて、憂鬱《ゆううつ》そうな表情を浮かべている。

テーブルの上には、サンドイッチやスコーンにフルーツと美味《おい》しそうなランチが並んでいた。

夢のようなランチではないか。多少の機嫌の悪さなど、我が家の戦場のようだった食卓と比べたら、蚊が鳴くようなもの。

ティルは顔を明るくさせて、ノアの許《もと》に歩み寄った。

「ごきげんよう、伯爵。ええと、セルジュさんにご案内いただきまして、ランチに同席させていただいてもよろしいでしょうか？」

「その恰好は……？」

ノアは少し驚いたように、ティルを見やる。ティルは慌てて頭を下げた。

「あっ、これはノア様が幼い頃に着ていらしたものをお借りしまして、すみません」

ノアは、ふぅん、と腕を組み、興味深そうにティルの姿を上から下まで眺めた。

「これは、驚きましたね」

「えっ？」

「町で一番の美少年というのも、大袈裟《おおげさ》な話ではないのが分かりました」

褒められたんだよね？　とティルはぎこちなく会釈した。

「セルジュにもっと服を用意させましょう。この城にいる以上は、身なりを整えてもらいたいです」

どうぞ、とノアは向かいの席に座るよう、掌《てのひら》で示す。

ティルは礼を言って椅子に腰を下ろし、全知全能の女神へ食前の祈りを捧《ささ》げる。

そんなティルを見て、ノアは小さく笑った。

「多くの者は、全知全能の女神を信仰し、祈りを捧げていますが、その一方で特別な力を持つ女性は、魔女狩りに遭う。今の世は随分、歪《ゆが》んでいると思いませんか？」

もしや、男装を見抜いて、そんなことを言うのだろうか？　とティルは訝《いぶか》ったが、当のノアは頰杖をついて明後日《あさって》の方を向いている。ティルの反応を試すために言ったわけではなさそうだ。とはいえ、この話題は流した方が賢明だろう。

「そんなこと一庶民の自分は考えたことなかったです、さすが伯爵ですね。それより、なんて美味しそうなんだろう。いただきます」

ティルはあえて明るい声を出して、小さなサンドイッチを手にする。

すぐに紅茶を注いでくれるメイドに、ありがとうございます、と会釈をし、

「見たことない食べ物がいっぱい。どれも美味しそう」

と、場を盛り上げようとするが、ノアは何も言わずに、今もどこかを見ていた。

彼は何を見ているのだろう？　と視線の先を確認すると、忙しく動き回っている使用人たちを見ているようだ。

憂いを帯びた眼差《まなざ》しのノアとは裏腹に、使用人たちは皆、どこか楽しそうだ。

「皆さん、なんだかイキイキしていますね？」

ティルが独り言のように洩らすと、ノアは、ああ、と我に返ったように座り直す。

「彼らは皆、この辺境の地での生活に退屈しています。これから客人が来るのが楽しくて仕方ないのでしょう」

そう言うと、ノアは憂鬱そうに息を吐き出した。

「ノア様は、パーティがお嫌いなんですか？」

「パーティ自体が嫌いなのではなくて、この城でのパーティが嫌なんですよ」

「どうしてですか？」

と、ティルが訊《たず》ねると、ノアは肩をすくめた。

「僕がこの城で生活をすると宣言した時、母に猛反対されました」

「お母様に……」

父親はどうだったのだろう、とティルが思っていると、ノアは察した様子で続ける。

「父はとっくに他界しているので、今は母だけなんです。僕は一人息子なので、母は随分、僕に期待をかけていたんですが、この城で暮らすという僕の意志が変わらないのを見て、ようやく諦《あきら》めてくれましてね。ですが、その代わり定期的に客人を寄こすから、舞踏会を開くよう、約束をさせられたんです」

「ノア様のお母様は、外の人とのつながりを絶ってほしくなかったんですね」

「それもそうですし、早く結婚しろという圧力です。舞踏会を名目に、山のような婚約者候補を送ってくるんです。しかし、こんな辺境の地の城に嫁いできてもいいという娘は、明らかにバランド家の財産目当て。うんざりすると思いませんか？」

まぁ、対策は講じていますが、とノアは話す。

話を聞きながら、ティルの顔が自然に強張《こわば》っていった。

先ほど城内で会ったシャーロットは、伯爵の許に嫁ぐために連れてこられたと泣いていたのだ。

それでは、あの子は一体？

「あの……ノア様にはまだ決まった方がいらっしゃらないのですか？」

もちろん、とノアは答える。

「僕は一生、結婚するつもりがないので。それなのに母は結婚を強要してくる。それがわずらわしくてたまらないんです」

あの子は、伯爵の母親が無理やり送り付けた婚約者候補の一人ということなのだろうか？

気になるけれど、この城に関することを詮索《せんさく》するな、と釘《くぎ》を刺されているので聞けない。

ティルが黙り込んでいると、

「そういえば、あの賑《にぎ》やかな君の兄は？」

「バランド城を描くのに物見の塔へ」

ああ、とノアは納得したように、相槌をうつ。

「彼の描いた村の絵を見ました。たしかに良い絵描きですね」

ハンスの絵を褒められて、ティルは顔を明るくさせた。

「僕も兄さんの絵が大好きなんです！　わあ、嬉《うれ》しいな、ノア様に褒められるなんて」

ティルが頰を赤くさせると、ノアはそっと目をそらした。

「しかし突然、城の絵をだなんて、ラインハルト伯爵は何を考えているんでしょうか」

「ノア様とラインハルト伯爵は、親戚《しんせき》なんですよね？」

ティルは確認するように視線を合わせた。

「ラインハルト伯爵は、年が離れた従兄《いとこ》です。彼の母親が僕の父の姉で、バランド家の血を引いているんですよ」

そういえば、ラインハルト伯爵もそんなことを言っていたような。

「……ラインハルト伯爵の母親が、悪魔と契約した話は聞いたことがありますか？」

低い声で訊ねたノアに、ティルは「あ、はい」と答える。

「それでラインハルト伯爵が悪魔に体を乗っ取られたとか」

ラインハルト城で伯爵から直接聞いた話だ。

そこを救ったのが、祖父というわけなのだが……。

「目的を達成するために悪魔と契約しようだなんて……。本当に常軌を逸しているんですよ、バランド家は」

ノアは吐き捨てるように言って、空を仰いだ。

「今日は新月ですね。奴等の力が強まってきます。あなたも気を付けるように」

「奴等の力って？」

ティルが訊《き》き返した時、セルジュがいそいそと歩み寄って、ノアに小声で告げた。

「失礼します、ノア様。今宵の舞踏会、レイリー様は、ご出席なされないということです」

セルジュの報告を受けて、ノアは顔を強張らせる。

「それは、セルジュ、あなたの仕業でしょうか？」

「滅相もございません」

「では、母の働きかけということですね」

「そうでしょうね。下賤《げせん》な噂がお母上のお耳にも入ったようで……」

「それならば、好都合です。これで、母も諦めてくれるでしょう」

「そうでしょうか？　噂を払拭《ふっしょく》するために、ますます、あなたをご結婚させなければと躍起になられるのではないかと。それに、これ以上はレイリー様のご迷惑になるかと」

「分かっていますよ。それならば、他の方法を考えるまでです」

ノアは忌々しそうに立ち上がり、足取り荒く去っていく。黙って二人のやりとりを聞いていたティルは、一体どういうことなんだろう？　と眉根《まゆね》を寄せた。

「ティル様、失礼をいたしました」

と、セルジュは、申し訳なさそうに頭を下げる。

「いえ、そんな」

あの、とティルは好奇心を抑えられずに訊ねた。

「ノア様が、この城に引きこもるようになったきっかけはあるのでしょうか？」

セルジュは、弱ったように眉尻《まゆじり》を下げる。

「すみません。詮索するなということでしたね」

セルジュは、そうですね、と囁《ささや》いて、ティルを見詰める。そのまなざしに、ほんの少し『期待』のようなものがこもっているのをティルは感じ取った。

「……ノア様は十六歳になられるまで、ごく普通の――というと語弊がありますね――伯爵のご子息として特異な部分はまったくない、それどころか、勉学に勤《いそ》しみ、剣の腕を磨く、将来を有望視された少年だったんです。あの通りの美貌《びぼう》、そして品行方正な立ち居振る舞いから、社交界の注目の的でもありました」

彼が王都の社交界で、憧《あこが》れの的だったのは、容易に想像がつく。

「ノア様が十六になられたある日、急にご実家を出て、この辺境の城に移り住むと言い出されたんです。そのまま帰ってくるつもりはないと。我々は驚いて、説得を試みたのですが、まったく聞き入れていただけず……。自分を止めるのならば、自害するとまで言われたのですよ」

「自害って、そこまで……」

はい、とセルジュは目を伏せる。

「とりあえず、ノア様のお母上はお許しになられました。この城での生活も長くは続かないだろう、と……。ですが、この城に引きこもることを許すかわりに、必ず定期的に舞踏会を開くことを約束させられました。少しでも外部との交流を続けてほしいというのと、素敵な女性と知り合って身を固めてもらえたら考えも変わるのではとお思いになったようです」

これは、先ほどノア自身から聞いていたことだ。

「でも、この城で生活することがそんなにいけないことなんでしょうか？　だって、この城はとても美しいですし、魅せられるのも無理はないと思うんです」

「年若い伯爵ですからね。王都で王家のために働いてほしいと思うものなのです」

そっかぁ、とティルは洩《も》らす。

セルジュは眩《まぶ》しそうに城を仰いだ。

「本当に美しい城です。かつてこの城は『深紅の城』と呼ばれていました。その名に準じてこの城を、赤く燃やし尽くしてしまう話があったのです。ですがそうするには、美しすぎました……」

「えっ？」

「いっそ、灰にしてしまったら良かったのかもしれません」

セルジュは独り言のように洩らして、その場を後にする。

……燃やす？

一人残されたティルは、背筋が寒くなるのを感じ、思わず我が身を抱き締めた。

4

空が茜色《あかねいろ》に染まる頃。

バランド城の門は大きく開かれ、続々と馬車が入ってきた。

「アンドレ男爵様ご一行、ご到着ー」

「ティモーレ子爵様ご一行、ご到着ー」

と客人たちの名を呼び上げる侍従の声が続く。

ティルは城の窓からその様子を眺めながら、感嘆の息をついた。

「すごいなぁ、別世界だ」

馬車から、華やかなドレスを身に纏《まと》った貴族の令嬢や、燕尾服《えんびふく》姿の子息たちが降りてくる。

上流階級の若き男女がホールに集い、優雅に踊り言葉を交わし合う、華やかな舞踏会。

遠目とはいえ、自分が目にする日が来るなんて思ってもみなかった。

ティルがぼんやりそんなことを考えていると、

「ティル様も参加されますか?」

と背後からセルジュの声がし、驚いて振り返った。

「そんな……僕は踊れませんし、恥をかくだけです」

それになにより、使用人たちが舞踏会に集中している今こそ、城を調べられるチャンスだ。

「ティル様なら踊れなくても、その容姿で舞踏会の主役になれそうですよ」

微笑みながらそう続けたセルジュに、ティルはプッと笑う。

「セルジュさんはいつも僕を褒めすぎですよ」

「それはあなたが、あまりにもあの方に……」

セルジュはそこまで言って、いえ、と口をつぐむ。

「すみません。昔話をしてしまうところでした。年寄りの悪い癖です」

少し照れたように笑うセルジュを見て、ティルも頬を緩ませた。

「……あの、セルジュさん。舞踏会って普通は夜遅くまで開かれるものですよね？」

「ええ、そうですね」

「この城でも夜遅くまで？」

「ああ、十二時の決まりのことですか？」

「はい」

「この城の決まりは舞踏会が行われるときであっても変わりはありません。したがって舞踏会はいつも十時前には終わり、十一時には、各自お部屋に戻っていただいています」

「そうなんですか……」

貴族を招いての宴《うたげ》でも例外はないようだ。

どうしてなのか、その詮索《せんさく》もしてはいけないんだろう。

その時、夕方五時を知らせる鐘の音がして、

「ああ、わたくしも行かなくては。それでは失礼いたしますね」

と、セルジュは背を向ける。

ティルは、はい、とうなずいて、再び窓の外に目を向け、沈みゆく太陽を眺めた。

眩しい西日がこの城を照らしている。

外から見たら、城は美しい朱色に輝いているのだろう。

「燃やすには、美しすぎた城、か」

あの意味深な言葉が耳に残って離れない。この城には一体どんな秘密があるというのか。

「兄さんが帰って来たら早速、打ち合わせをしないと。……って、兄さん、遅いな」

そう思い窓から顔を出して下を覗《のぞ》き込んだ時、

「ティル」

今度は後ろからハンスに声をかけられ、ティルは体をびくっとさせて振り返る。

「お、驚いた、兄さん帰ってたんだね」

そこには頬を桜色に染め、瞳《ひとみ》はウットリと潤み輝き、手にコスモスの花を握っているハンスの姿があった。

「に、兄さん、様子が変だけど、どうしたの？」

「恋に、落ちた」

コスモスの花に顔を近付けて、ハンスはそう洩らす。

ティルは、はあ？　と片目を細めた。

「物見の塔に絵を描きに行ってどうして恋に落ちるわけ？　穴にでも落ちたの？」

「そうだな、ある意味、落ちたよ。深い穴に」

ハーッと熱い息をつくハンスの姿に、ティルは心なしかイライラするのを感じた。

「それより兄さん、今夜は舞踏会。皆が宴に集中している隙に東塔を探ってみようと思うんだけど」

ティルがそう言うと、ハンスは急に真顔になり、強くうなずいた。

「そうだな、俺もそれがいいと思う」

「どうして急に前のめりなの？」

「いや、まあ、東塔の扉を開けることは、ヴィーナスの願いでもあるんだ」

コスモスの香りを嗅《か》ぎながらハンスは照れたようにそう言う。

「ヴィーナス？」

小首を傾げるティルにハンスは勢いよく詰め寄った。

「今日知り合った、この城のメイドさんが言っていたんだ……」

『ハンス、あなたに東塔の扉を開けて欲しいの。実はこのお城には、口外できない秘密が色々あるんだけど、すべての元凶は、東塔を閉ざしていることにあるの。私たち下っ端のメイドは、侍従長とメイド頭に睨《にら》まれて東塔に近付けもしないけれど、あなたならできると思う』

ハンスは物見の塔で知り合った女性から聞かされた言葉をティルに伝えて、拳《こぶし》を握る。

「ティル、間違いない！　ラインハルト伯爵の言っていたこの城の呪いってのは、東塔のことだ！　俺たちの手で閉ざされた東塔の扉を開けようじゃないか！」

目を輝かせてしっかりと手を握って来たハンスの迫力に気圧《けお》されつつ、はぁ、とティルはうなずいた。

5

ティルたちが東塔の扉を開けようともくろむ中、舞踏会はスタートした。

音楽隊の流麗な演奏と、ホールのあちこちに飾られた真っ赤な薔薇《ばら》が客人たちを迎え入れた。高い天井には宝石のようなシャンデリアが煌《きら》めき、壁や柱に見事な装飾が施されている。

まるで宮殿のような華やかなホールを見て、初めて訪れた客人は圧倒されていた。

ハンスとティルは、パーティホールの様子を少し離れたところから確認する。

セルジュやアンナもホールの中にいた。セルジュは客人の案内を、アンナは使用人たちに指示を出しているようだ。

「よし、今だ、行くぞ」

ハンスは、魔法陣シートなどが詰め込まれたバッグを肩に掛けて走り出す。

ティルはうなずいて、ハンスの後を追った。

二人は目立たないように気をつけながら、城の中を急いで移動した。

「兄さん、本当にこっちでいいの？」

ハンスがあまりにも迷いなく進むため、ティルは不安になって訊《たず》ねる。

「ああ、物見の塔から城を見ていて、なんとなく構造が分かったんだ。皆が今いるとこが中央の居住塔で、この先をまっすぐ行くと回廊があるから、そこを右に進むと東塔の入口に出ると思う」

と、ハンスは小走りしながら言う。

「兄さん、すごい」

「おっ、やっぱり？」

東塔に近付くにつれ、どんどん人の気配がなくなっていく。舞踏会の音楽さえ、届かなくなっていた。

なんだろう、この隔絶されたような感覚。

自分たち以外誰もいない廊下を進みながら、ティルはごくりと息を呑《の》んだ。

やがて、回廊の入口に辿《たど》り着いた。

二人は誰もいないことを確認して、足音を立てないように足を踏み入れる。

回廊から空を眺めると、瞬く星たちが自分たちを照らしていた。が、今夜は新月なので、月の姿は見えない。やがて、その星々は雲に隠れた。

東塔に一歩一歩近付くにつれ、ティルは息苦しさを感じて、胸に手を当てる。

……なんだろう、この感じ。胸がざわざわする。

やっぱり今行くのはやめよう、と言いかけてティルは思いとどまった。

何を考えているんだろう。自分たちは、この城の呪いを解きに来たのに。

反省して俯《うつむ》くと、前を歩くハンスが急に足を止め、ティルはその背中にぶつかった。

「い、いきなり止まらないで」

「進めないんだよ」

「えっ？」

ティルは顔を上げて、すぐにハンスの言葉を理解した。

黒い鉄格子が、通路を遮っていたのだ。

「ここまで露骨に入れないようにしてあると思わなかったね」

まるで、東塔自体が大きな牢獄《ろうごく》のようだ。

「こりゃ、どうやっても入れないな」

ハンスは、バッグの中から蠟燭《ろうそく》を取り出して、火をつける。

鉄格子の先には大きな扉があり、そこに布のようなものが張られている。

ハンスは大きく目を見開いて、ティルの肩をつかむ。

「おい、ティル、あの布をよく見てみろよ」

ティルは、目を凝らして、前のめりになる。

その時、黒い雲が流れて、星々が再び自分たちを照らした。

布に描かれているのは、魔法陣だった。

そして、その魔法陣には見覚えがあった。

「あれって、もしかして……」

ティルは冷たい汗が流れるのを感じながら、ハンスを見やる。

ハンスは息を呑んで、ああ、と首を縦に振った。

「じいちゃんの描いたものだ」

「……それじゃあ、じいちゃんは、この城に来たことがあるってこと？」

再び雲が流れて星の光が遮られ、祖父が描いたと思われる魔法陣が見えなくなる。

シンとした静けさが襲った、その時。

「そこで何をされているんですか？」

背後で声が響き、ハンスとティルは驚いて振り返る。

そこには、冷ややかにこちらを見据えるアンナの姿があった。

「ア、アンナさん」

アンナは無表情のまま、東塔の前にいるハンスとティルの許《もと》に歩み寄る。

「東塔に入るなと言われて興味を持たれただけではないようですね……？」

「いえ、その、あの……」

二人が目を泳がせていると、アンナは素早い動きで、スカートの内側に隠していた警棒を手にし、ハンスの喉元《のどもと》に当てる。

「目的はなんですか？　まさか、ラインハルト伯爵がここを開けるよう、言ってきたのでしょうか？」

あがが、とハンスは苦しそうにもがく。

「兄さんっ」

ティルが声を張り上げてアンナの体に触れた瞬間、アンナは突風に襲われたように弾《はじ》かれた。

ティルは戸惑いながら、自分の掌《てのひら》に目を落とす。

今、無意識のうちに自分の魔力が発動したようだ。

アンナは、すぐに体勢を整えて、顔を歪《ゆが》ませた。

「なるほど、あなたは魔導士でしたか。ですが今さら魔導士がこの城に何ができるというのでしょう」

アンナが動き出そうとした瞬間、セルジュの声が響いた。

「そこまで」

振り返ると、セルジュは回廊の入口に立ち、こちらを見ている。

「アンナ、彼らは大丈夫です。問題ありません。お二人にも色々とお話ししたいことがございますが、今宵は、お客様をたくさんお呼びしている大事な時。とりあえず、全員ここから離れてください」

セルジュは口角を上げていたが、目は笑っていない。

アンナは、不可解とでもいうような、腑《ふ》に落ちない表情を浮かべながらも、セルジュの言葉に従って、踵《きびす》を返す。

ティルも不思議だった。なぜ、セルジュが自分たちを『問題ない』と言うのだろう？

問いたかったが、彼の迫力に気圧されて、青褪《ざ》めながらうなずいた。

「ごめんなさい、失礼します」

すぐその場を後にしようとするも、ああ、とセルジュに呼び止められる。

「ティル様は少しお待ちを……。実はまたお願いがあって、あなたを捜していたのです」

ティルは足を止めて、セルジュを見た。

「僕にお願い？」

「はい。我が主《あるじ》がお呼びです」

セルジュは胸に手を当てて、にこりと微笑んだ。

第四章　いわくつきの舞踏会

1

「まあ、なんて美しいお城。見て、リリー」

「本当ね、マリーお姉様」

パーティホールを見回しウットリと目を細めているのは、このバランド城からさほど遠くない町に住む、アンドレ男爵家の姉妹だ。名前は、マリーとリリー。

姉妹の母である男爵夫人は、小さく咳払《せきばら》いをした。

「あまり浮かれていると地方の田舎貴族であることがバレますよ。本当ならバランド家は我々のような田舎の男爵家などお近付きにもなれない名家。細い伝手《つて》をどうにか辿って、ようやくこの舞踏会に参加することが許されたのです」

小声でそう窘《たしな》めた夫人に、二人の姉妹は「はい」と声を揃えて姿勢を正した。

ホールには美しく着飾り、上品な笑みを湛《たた》えた近隣の貴族の娘たちがあふれている。

「みんなノア・バランド伯爵の心をつかもうと気合十分ね」

姉のマリーが小声で洩《も》らすと、妹のリリーが、本当に、とうなずいた。

「でも、お姉様。貴族のご子息の姿もたくさん。素敵な方はいないかしら」

リリーが頬を赤らめながら言うと、夫人はまた咳払いをした。

「そこそこの貴族なんて放っておきなさい。狙うはバランド伯爵のみ」

「は、はい。でも、そのバランド伯爵は？」

そう言ってホール内を見回すも、ノア・バランドらしき人物は見付けられなかった。

その時、「ノア・バランド伯爵様のおなりです」と侍従の声が響き、ホールの大きな両扉が開かれる。

皆が動きを止めて扉に視線を送ると、ホールに不機嫌そうな表情を浮かべたノアが姿を現わした。

漆黒の艶《つや》やかな髪に、深い紫色の瞳《ひとみ》。スラリと高い背に、美術品のように整った冷たく美しい顔立ち。

その姿に貴族の娘たちは言葉を失い、赤くなった頬を隠すように扇子で顔を覆った。

ノアは、周りに目もくれずにホール内を進み、玉座を思わせる豪華な椅子に腰を下ろす。

ノアの傍らに立つ、侍従長のセルジュが笑みを湛えながら、口を開いた。

「皆さま、ようこそお越しくださいました。今宵、このバランド城での舞踏会をどうぞお楽しみくださいませ」

その挨拶《あいさつ》が合図となり、音楽隊が舞曲を奏で始めた。

招待客たちはいそいそと、椅子に腰を掛けたままのノアの許《もと》へと向かう。

「はじめまして、マリー・アンドレでございます」

「妹のリリー・アンドレでございます」

先陣を切ったのは、アンドレ男爵家の姉妹だ。

「ようこそ、アンドレ様」

「ごきげんよう、バランド伯爵。マリア・ティモーレです」

「おお、これは、ティモーレ子爵のご令嬢マリア様。お久しぶりでございます。相変わらずお美しい」

「はじめまして、ノア様」

その後も次々にやってくる恒例の『ご挨拶』に、ノアは終始、笑みを返すだけで何も言わない。代わりに、傍らに立つセルジュが笑顔でフォローし続けていた。

そんなノアを見て、肩をすくめているのは貴族の子息たちだ。

「相変わらずパーティ嫌いの伯爵に、侍従長は大変だな」

「ああ、でも、あそこまで勝手を貫けるのも羨《うらや》ましい話だ」

相変わらずなノアの姿を眺めて、冷ややかに笑う。

「今回は、あの噂のレイリー・シュタインは出席してないんだな」

「いいかげん、オイタがすぎてお母上の怒りを買ったそうだ」

「これ以上、例の噂が広まる前に食い止めたかったらしい」

「へえ、うちのオヤジなんて、『お前も気に入られて来い』って言ってたぜ」

そう言った地方の貧乏貴族子息の言葉に、皆はプッと笑う。

「で、お前はなんて答えたんだよ？」

「冗談だろって返したけど、あんな美形なら一晩くらいいいかもな」

子息たちは小声でそう話し、くっくと笑った。


一通りの『ご挨拶』が終わった頃、ノアはいつの間にかホールから姿を消していた。

一緒にダンスをと意気込んでいた令嬢たちがざわめき出す。

「あら、ノア様はどちらに？」

「お召し物を替えに行かれたのよ、きっと」

そんな言葉を聞き、貴族の子息たちは、今がチャンスと積極的に令嬢たちに声をかける。

一方、アンドレ男爵夫人は、娘たちを柱の陰に呼び出し、鬼の形相を見せていた。

「あなたたちは一体何をやっているんですか！　バランド伯爵とダンスのひとつも踊れないなんて」

「だって、お母様。ノア様はたしかに素敵でしたけど、なんだか怖いです」

「ええ、笑顔なのにまったく喋《しゃべ》らないのですよ」

シュンとする二人に、夫人は呆《あき》れたように息をついた。

「どこが怖いものですか。きっと照れているだけです。伯爵がホールに戻ったら、ダンスに誘われるよう、努力なさい」

母の叱咤《しった》を受けて、アンドレ姉妹は、はい、とホールの中央に戻る。

他の令嬢たちは、最初こそ姿を消したノアを気にしていたが、変わらずに流れる優美な音楽と運ばれるデザートに目を輝かせてパーティを楽しんでいた。

「噂に聞いていたけど、本当にパーティがお好きではないようね」

「どうしてパーティを楽しまれないのかしら？」

マリーとリリーが小声で囁《ささや》き合っていると、

「彼は女が好きじゃないのさ」

貴族の子息たちが、ワイングラスを手に笑みを浮かべて近寄ってきた。

その言葉にアンドレ姉妹だけではなく、周囲の者たちが「えっ？」と振り返る。

「おっと、ここだけの話にしておいてくれよ。レイリー・シュタインを知ってるだろう？」

「え、ええ、ノア様のご親戚で、社交界一の美少年と評判ですよね」

「ああ、そのレイリーが、ノア・バランドといい仲だったんだよ」

「これで奴がパーティを楽しまない理由が分かっただろう？」

にっ、と笑う子息たちに、皆は「まあ」と口に手を当てた。

「そういえば、通路にレイリー様の姿絵が飾られていましたわ。そういうことでしたのね」

「信じられない、そんなの女神様に背く行為だわ」

「ええ、本当です。あの冷たく美しいノア様と美少年レイリー様が、その、いかがわしい仲だなんて」

「ああ、想像するだけで悶《もだ》えが、いいえ、震えがくるわ」

と、令嬢たちは言葉とは裏腹に、興奮したように目を輝かせる。

一方、アンドレ姉妹は顔を蒼白《そうはく》にし、すぐに母親に報告した。

すると、アンドレ夫人は、まあまあ、と笑みを浮かべる。

「それは一時の気の迷いですよ。たとえ本当にそのような趣味があったとしても、彼はいずれ結婚しなくてはならない身。逆にそういうことも受け入れる旨を伝えたなら、結婚相手に選ばれる可能性が高くなるというもの……」

とことんバランド家に嫁がせようとする母の露骨さに、姉妹は頬を引きつらせる。

その時、ホールに、わっ、と歓声が上がった。

ノア・バランドが再び姿を現わしたのだ。

皆と共にアンドレ姉妹もノアの許に向かったが、同時に、言葉を失った。

ノアの隣には、見たこともないような美少女が寄り添っていた。

輝くような長い金色の髪に、宝玉のように美しい翠《みどり》の瞳。

愛らしい薄ピンク色のドレスを纏《まと》った、天使とみまごう美しく愛らしい容姿の少女だ。

ホールの視線を一身に集めたことを確認したノアは不敵な笑みを浮かべて、傍らに立つ美少女の腰に手を回した。

「紹介しましょう。彼女は、ティアラ・アドラー。親戚《しんせき》であるラインハルト伯爵の養女で、この私の婚約者です」

そう言い切ったノアに、皆は仰天して目を丸くし、セルジュは苦笑する。

「ノア様、やっぱり無理がありますよ。みんな疑って言葉を失ってる」

俯《うつむ》きながら小声でそう告げたティルに、ノアは小さく笑う。

「皆は、君の美しさに圧倒されているだけですよ」

そう言うとノアは、ティルの手の甲に唇を当てる。

ティルは、ええ、と目を泳がせた。

＊

——それは、今から三十分前。東塔でセルジュに呼び止められた後、結局ハンスも一緒に、ティルを呼んでいるというノアの許へやってきた。

「舞踏会の間、婚約者の振りをしていただきたいんです」

真剣な表情で言うノアを前に、ティルとハンスは「婚約者？」と声を揃えた。

「時間がありません。とりあえず急いで着替えとメイクと付け毛を」

ノアが声を上げると、

「かしこまりました！」

と、ティルの背後で待機していたメイドたちが、張り切って答える。

彼女たちは、付け毛とピンクのドレスを手にしていた。

「それでは、ティル様、お召し物をお脱ぎになってください」

「その後に、こちらにお掛けになってくださいね」

すぐさま服を脱がせようとするメイドに、ティルは真っ赤になって叫ぶ。

「やめてください！　なんだか分からないけど、協力しますから、着替えだけは自分でさせてください！」

そうしてティルは、皆を部屋から追い出し、そそくさと燕尾服《えんびふく》を脱いで、ソファの上に置かれたハイネックのドレスをチラリと見た。

「胸元が分からないように、ちゃんとハイネックなんだ……」

ティルは戸惑いながらシャツを脱いで、胸を押さえつけるように巻いていた布をほどく。

窮屈さから解放され、ティルはホッと息をついて、そっと、鏡を見た。

決して大きくはない胸。それでも、女性としての主張をしている。

もう、ずっと男と偽り、女性の装いなんてしたことがなかった。

まさか、こんなかたちで、ひと時だけでも女の子に戻れるなんて。

ティルは胸が熱くなるのを感じながら、薄ピンクのドレスを手にする。

しなやかなシルクの感触。ふわりと膨らんだ長いスカートには、ヒラヒラと花のようなレースにリボンがふんだんにあしらわれている。ギュッと絞られたウエストに、袖《そで》はまるで鳥が羽を広げたかのように広がっていて華やかだった。

「着替えました……」

ティルが扉を開けると、隣の部屋で待機していたノア、ハンス、セルジュにメイドたちが、大きく目を見開いている。

その表情に、着方がおかしかっただろうか、とティルは目を泳がせた。

「こ、これでいいですか？」

メイドたちは、わぁ、と声を上げる。

「なんてお美しいんでしょう」

「まるで、童話の中に出てくるお姫様のようですわ。ねえ、ノア様」

メイドに話を振られて、放心していたノアは我に返ったようにうなずいた。

「ええ、まさかここまでとは」

ノアの言葉に、ティルは頬を赤らめる。

「それでは、ティル様、鏡台の前に。付け毛をお付けしますので」

「は、はい」

ティルが鏡台の前に座ると、メイドは愉《たの》しげにメイクを施し、ピンを器用に使って付け毛をティルの頭に付けていった。

「ティル、おまえ、ほんとに貴族のお姫様みたいだ」

興奮気味に身を乗り出すハンスに、兄さん……、とティルは額に手を当てる。

「……舞踏会では、女性らしい名前が良いですね」

ノアは少し考え込み、手を打つ。

「では、『ティアラ』はどうでしょう」

ティルは「えっ」と動きを止めた。

「何か不都合が？」

「あ、いえ……。ティアラで大丈夫です」

ティルが目をそらして、はにかんだ横で、ハンスが挙手した。

「伯爵、俺も舞踏会に参加してもいいっすか？」

ノアは、お好きなように、と少しも興味なさそうに微笑んで答える。

「ただし、僕たちには話しかけないでくださいね。ボロが出そうなので」

あ、はい、とハンスは肩をすくめる。

「服はメイドに用意させます」

「ありがとうございます！」

ハンスは、やったぁ、と諸手を上げた。

＊

――そんな経緯があり、ティルは今、ドレスアップして舞踏会に参加している。

「驚いた、なんて美少女だ」

「悔しいけど、なんてお可愛いらしいの？」

「誰よ？　彼を男色だなんて言ったのは」

周囲の視線が一身に注がれることに、ティルは恥ずかしくて顔を上げられなかった。

俯いていると、ノアがそっとティルの顎《あご》に手を当てて上を向かせた。

「上を向いて、ティアラ。その可愛い顔を隠さないで」

ノアは、あえて周囲に聞こえるようにそう言う。令嬢たちは「きゃあああ」と声を上げ、ティルはさらに真っ赤になった。

「恥ずかしくて顔を上げられませんよ。ノア様もよくもまぁ、そんな歯の浮くようなセリフを……」

と、ティルは小声で言う。

「背に腹は替えられませんからね」

「ちょ、聞こえますよ」

「大丈夫ですよ。それより、僕と踊っていただけませんか？」

ティルは、ぎょっとして首を横に振る。

「踊れないです……ノア様に恥をかかせてしまいますよ」

「大丈夫、僕に体を預けるだけでいいですから」

ノアはそう言ってティルの腰に手を回し、しっかりと手を取った。

ピタリとくっつく体にドキドキとティルの鼓動が早くなる。

二人が踊り出したことで舞曲が盛り上がり、他の貴族たちも楽しげに踊り出した。

「おや、踊れるではないですか」

「そんなことは……ノア様のリードが上手《うま》いだけです」

「踊ったまま移動して、隙を見てバルコニーにはけましょう」

「は、はい」

二人は踊りながらそっとバルコニーの方へと移動する。

ホールに新しいデザートが運び込まれたタイミングで、誰もいないバルコニーに出る。

客人たちは、自分たちが外に出たことに気付いていないようだった。

ティルはホッとして、胸に手を当てる。

ノアと目が合い、二人は、ふふっと笑い合った。

「見事にみんな騙《だま》されてくれましたね。君の正体を誰も疑っていない」

「僕の正体……」

それまで笑っていたティルは、表情を曇らせた。

「どうかしました？」

いえ、とティルは慌てて笑みを作り、バルコニーの手すりに触れた。

思えば、これが自分の本来の姿なのだ、とティルはドレスに目を向ける。

ヒラヒラの長いスカート、腕や首に飾られた煌《きら》びやかな宝石たちに、こんなにも胸が弾んでいる。

ハイネックのドレスで胸元を隠さなくたって、本当は大丈夫なんだ。

「しかし、元々女の子のような顔をしていると思っていましたが、ここまでとは恐れ入りました。真実を知りながらも騙されそうです」

と、ノアは、ティルの顔を覗《のぞ》き込み、手すりに置かれたティルの手を取った。

「手も……。まるで、少女のように、小さくて柔らかい」

ティルの手を包むようにして、ノアはしみじみと言う。

優しく温かな感触に、ティルの心臓が早鐘を打った。

ノアはまるで観察するように、ティルの掌《てのひら》、指先と優しく撫《な》でる。

「あの、ノア様……」

ただ、手を触られているだけなのに、背筋がぞくぞくした。

「……恥ずかしいです」

と、ティルはかすれ声で言う。

頬が熱くて仕方ない。今の自分の顔は真っ赤だろう。

ティルは顔を隠そうと、ノアに背を向けた。

そんなティルの反応を見て、ノアは少し戸惑った様子だ。

「もしかして……」

その声には、疑いが含まれていた。

ティルの肩がぎくりと震える。

——どうしよう、気付かれてしまったのだろうか？

自分が魔導士であることは、もうすでにアンナにバレている。その上、女だったとなれば、異端審問会に突き出されてしまうだろう。

そうなったら……自分は魔女裁判を受けて、処刑される。

そうだ——、何を浮かれ喜んでいたのだろう？

自分の男装は、生き延びるための命綱なのだ。

ティルは深呼吸し、気持ちを整えてから振り返った。

「なーんて、どう？　名演技だったろ？」

ティルは、あえて男らしく腰に片手を当てていたずらっぽく笑う。

ノアは一瞬、呆然《ぼうぜん》とするも、すぐにプッと噴き出した。

「なるほど、そういうことでしたか。たしかに名演技でした。君が本当は女性なのではないかと思ったくらいに。不覚にも……」

本当に危険なところだった、とティルは心の中で胸を撫でおろす。

「不覚にも？」

「いえ、なんでもありません。今宵は僕のために、こんな恰好《かっこう》までさせてしまって申し訳ない。ありがとう」

と、ノアは、ティルの頭を優しく撫でた。

思わず、きゅん、とティルの胸が詰まったが、それを振り払うように頭《かぶり》を振る。

その時、バルコニーにアンドレ男爵夫人が顔を出し、

「バランド伯爵、ここにおいででしたか。侍従長が緊急にお伝えしたいことがあるとかで焦って捜しておられましたよ」

と、微笑んで告げた。

「これは、アンドレ男爵夫人。ありがとうございます」

ノアは会釈をして、ホールへと戻って行った。

そのまま夫人もいなくなるかと思ったが、ずいっとバルコニーに入ってきて、ティルの前に立ちはだかった。

「はじめまして、ティアラ様。このたびは、ご婚約おめでとうございます」

「あ、ありがとうございます」

ティルが令嬢がするようにスカートを持ってお辞儀をし、顔を上げると、男爵夫人

が、わざとらしいほど大きなため息をついた。

「ですが、わたくしは、あなたがお可哀相で」

「……ぼ、私が可哀相、ですか？」

「ええ、この婚約は茶番です」

ズバリそう言った夫人に、ティルは目を見開く。

まさに、この婚約は茶番だ。だが、なぜ彼女が知っているのだろう？

もしかしたら、バルコニーでの話を聞いていたのだろうか？

全身から冷たい汗が出るのを感じていると、夫人はフーッと息をついた。

「なぜなら、あなたは隠れ蓑《みの》にすぎないのですから。偽装結婚です、仮面夫婦ですよ」

「えっ、あの……どういうことですか？」

「ノア・バランド伯爵は、男色家なのです」

声を潜めて言う夫人に、ティルは、えっ、と訊き返す。

「あなたも社交界の人間ならレイリー・シュタインを知っているでしょう」

「……はい」

知っているも何も、今自分は、ラインハルト伯爵と彼の依頼を受けてここにいる。

「伯爵の真の恋人はレイリーであって、あなたではないのです。あなたは家のために選ばれた偽りの花嫁にすぎないのです。もし、ご自分の幸せを考えるならば、この結婚、お考えになった方が……」

夫人がそこまで言いかけた時、

「私の婚約者を思ってのご忠告、ありがとうございます」

と、バルコニーにノアの声が響き、夫人は弾《はじ》かれるように振り返った。

そこには、優雅な笑みを浮かべるノアの姿。

柔らかな笑みの奥に恐ろしいほどの冷たさがあり、夫人は気圧《けお》されて、微《かす》かに後退《あとずさ》った。

「たしかに、僕も過去には色々な恋をしましたが、今この心は彼女にしか向いていません。彼女も僕の過去をすべて知った上で受け入れてくれました。お気遣いは無用ですよ」

ノアはそう言ってティルの許《もと》に歩み寄り、その体をそっと抱き寄せた。

「ティアラ、そうだよね？」

ノアは、ティルの顎《あご》を持ち上げて、視線を合わせる。

話を合わせるように、という意図を感じ取ったティルは、

「え、ええ、もちろん。過去なんて気にしませんわ。大事なのは未来です」

目を泳がせながらも、取り繕った笑みを作る。

気が付くと、たくさんの招待客たちが、好奇の目で自分たちのやりとりを窺《うかが》っていた。

うわ、いつの間にか、たくさんの人に観察されてる、とティルは身を縮める。

ノアもその視線に気付き、萎縮《いしゅく》するティルとは逆に、これは好都合と笑みを浮かべた。

「ティアラ、愛してるよ」

「わ、私もですわ、ノア様」

そう言った瞬間、ノアはティルを抱き締めた。

「！」

ノア様に抱き締められている！

恥ずかしさに逃げ出したくなったが、それをしてしまえば、これまでの演技が水の泡だ。

ティルはグッと堪《こら》えて、控えめにノアの背中に手を回す。

その瞬間、ノアの体が微かに震えたのが伝わってきた。

ティルが少し戸惑って顔を上げると、ノアの視線が熱を帯びている。

ティルは、その視線から逃れるように、彼の胸に額を当てた。

ノアが抱き締めた腕に、ギュッと力を込める。

熱い抱擁を交わす二人の姿に「きゃあん」と黄色い声が上がり、男爵夫人は「これは、失礼しました」と真っ赤な顔でバルコニーを出て行く。

他の客人たちも、

「これ以上は野暮だな」

「結局、色々あったけど、伯爵は今はあの美少女に夢中ってことなんだろ？」

と、肩をすくめながらホールへと戻って行った。

バルコニーに人の目がなくなったことを確認して、ノアはティルから離れた。

「突然失礼しました……」

と、ノアは静かな声で言う。

いいえ、とティルは目をそらした状態で、熱い頬に手の甲を当てた。

しばし、沈黙が続いた。

ティルが不審に思って顔を上げると、ノアは口に手を当てて、目をそらしていた。

気のせいか、彼の顔が赤くなっている。

「ノア様……？」

具合でも悪いのだろうか、とティルが手を伸ばすと、ノアは体をビクッとさせた。

「あ、すみません」

ああ、とティルは苦笑する。

「あ、もしかしてノア様も緊張されていたんですか？　ですよね、僕もあんなに注目されるとは思わなくて萎縮してしまいました」

「いえ、そうではなく……」

「はい？」

いえ、とノアは首を横に振った。

「なんでもないです。僕にもまだ少しこういう感情が残っていたということでしょう。すべてを王都に捨ててきたつもりだったのですが……」

ノアは小さく息をつき、手すりに手を置いて空を眺める。

今にも降り注いできそうな満天の星空だ。

——すべてを王都に捨ててきた。

何もかも諦《あきら》めきったような響きと重みが感じられた。

「なぜ、王都を出て、この城に来られたのですか？」

「……僕がバランド家の正統な血を引く、最後の人間だからですよ」

ノアはそう言って、自嘲《じちょう》気味な笑みを浮かべた。

「それはどういう……？」

ティルが前のめりになった瞬間、ゴーンゴーンと鐘が響き渡った。

「これより、城は消灯準備に入りますため、これにて舞踏会をお開きとさせていただきます。お帰りになられる皆さま、お泊りになられる皆さま、それぞれ、侍従やメイドの案内に従って、ご移動ください」

と、使用人たちが声を上げていた。

「もう、どうしてこんなに早くに？　まだ十時じゃない」

事情を事前に聞いてはいても、初めて参加する貴族たちは不満げな声を洩《も》らしている。

「申し訳ございません。古《いにしえ》よりこの城に伝わる習わしでして」

使用人たちの説明を受けた客たちは、渋々部屋に下がっていく。

「時間ですね。それでは、部屋に戻りましょう」

ノアは力なく微笑んで、バルコニーからホールへ戻っていく。

ティルもその後に続き、口いっぱいに食べ物を詰め込んでいたハンスを引っ張って、部屋に戻ることにした。

この近隣に於《お》いて、バランド城の掟《おきて》の固さはよく知られており、この夜は誰もが大人しく部屋で休むはずだった。

アンドレ男爵家の人々を除いては――。

2

「あなたたちは一体何をやっているんですか！」

アンドレ男爵夫人は部屋に戻るなり、娘たちに向かって金切り声を上げた。

「で、でもお母様、婚約者に登場されてしまっては」

「そう、私たちに出る幕はありませんわ」

肩をすくめて弁明する姉妹に、夫人は、ふん、と鼻を鳴らす。

「情けないこと。それでも私の娘ですか。でも、いいです。まだ間に合います」

「間に合うとは？」

「先ほど、ティアラとかいう婚約者と会話をしましたが、どうやらまだ生娘。あの娘よりも先に既成事実を作ってしまえばこっちのものです。今から、伯爵の部屋に向かうのです」

母親の乱暴ともいえる提案に、二人の娘は呆然《ぼうぜん》と目を見開く。

「……そんな、殿方の寝所にうかがうなんて。それに、十二時以降は部屋の外に出ることを禁じられていますわ」

「そうそう、たしか部屋に鍵《かぎ》をかけられるとか」

姉妹がそう言うと、夫人は即座に答える。

「ここまで案内してきた使用人を買収したので、鍵はかかっていません。そして、伯爵の寝所もこの塔の西の端にあると聞き出しました。マリー、リリー、あなたたちのどちらかが今からそこへ行くのです。どちらが行きますか？」

その言葉に、姉妹は顔を見合わせる。

「どちらがって……私には無理です」

と、姉のマリーは首を振ったが、

「いいわ、姉さん、私が行く」

姉と比べると、無鉄砲な妹のリリーが、にっと笑って手を挙げた。

「リリー、あなた本気なの？」

もちろんよ、とリリーは胸を張った。

「貧乏貴族の男に嫁ぐなんてまっぴらだし、伯爵はとても素敵ですもの。大丈夫よ、上手《うま》くやれるわ」

「頼もしいこと、しっかりやるのですよ。アンドレ家の未来がかかっていますから」

満足そうに微笑む母に、リリーは「はい」と強くうなずいた。


「西の端は……こっちよね」

リリーはそっと客室を出て、ノアの寝室があるという西の端へと向かう。

薄暗い城内は窓からの星の明かりしかなく、小さなランタンだけが頼りだった。

窓から吹き込む風が悲鳴のような音を立て、リリーは、思わず自分の体を抱き締める。

……さすがに怖くなってきちゃった。

早く伯爵の寝所に飛び込まなきゃ。

「それにしても、姉さんもウブよねぇ」

このチャンスを逃したら、田舎の貧乏貴族との縁談しかなくなるだろうに。

でもまぁ、殿方の寝所に行くだなんて、生真面目な姉さんには無理なことかもね。

私のようにお母様の目を盗んで、家庭教師や庭師といけないことなんてしてないだろうし。

リリーは、ふふっと笑って、足早に長い長い廊下を渡っていく。

それにしても、この廊下はどこまで続くんだろう？

……西の端って本当にこっち？

やだ、迷っちゃったかもしれない。反対に歩いて来てしまったのかも？

まっすぐに来ただけだから、今来たところを戻ればいいわよね？

そう思い、踵《きびす》を返して廊下を戻るも、同じ扉ばかりで今自分がどこにいるのか分からなくなってしまった。

しまった、自分の部屋すら分からない。

こうなったら、メイドの一人でもお金で丸め込んで伯爵の部屋に案内してもらおう。

一階の玄関ホールに行けば、誰かに会えるだろう。

リリーは、階段を下りて一階へと向かう。

一階には、必ず誰かしらいるだろうと信じていたリリーだが、降り立った玄関ホールには人の気配すらなく、森閑としていた。

大きな窓から差し込む微かな星の光が、青白く床を照らしている。

「うそ、誰もいないの？」

使用人すら、律儀に外出禁止を守っているのかしら。


でも、まだ十二時にはなっていないはず。

時計を確認しようとした瞬間、一階ホールの柱時計が、ボーンと音を立てた。

鳴ったのは、十二回。

音が鳴りやむと同時に、どこからかギイイイと重い扉が開く音がし、リリーは体を硬直させた。


——深夜十二時。

呪われた城が目覚めだす。

閉ざされた扉がゆっくりと開き、黒装束の使い魔たちが徘徊《はいかい》する。

清い処女《おとめ》を求めて、その血が欲しいと魔女が呻《うめ》く。

月にこだまするは嘆きと悲鳴。

——そう、ここは深紅の城。

やがて、不気味に響く歌声と共に、通路の端にポッポッと明かりが浮かび上がった。
黒装束に身を包んだ集団がゾロゾロとこちらに向かって歩いてくる。
先頭を歩くのは栗色の髪に、青白い肌、真っ赤な唇の美しい女性だ。
首には、人間のものと思われるドクロを下げている。
リリーは絶句して、立ち尽くす。
おお、皆の者喜べ。
今宵は宴《うたげ》。
生贄《いけにえ》が自ら、我らの許《もと》に転がり込んで来たではないか。
そう言って真っ赤な目を見せた美女に、
「きゃあああああああああ」
とリリーは絶叫した。

3

「へえ……じゃあ、兄さんが物見の塔で出会ったメイドさんの名前も『シャーロット』っていうんだね」

「ああ、ティルが城で会った女の子もシャーロットっていうんだな」

部屋に戻ったティルとハンスは、あらためて今日起こったことを報告し合っていた。

「偶然なんだろうけど、栗色の長い髪に、お人形のような顔立ちってところが、ピッタリ当てはまるのも偶然なのかな？」

「まぁ、偶然なんじゃね？」

「それにしても、ちょっとの間、一緒にいてお喋《しゃべ》りしただけで恋に落ちるもの？」

「ばか。恋に落ちる時ってのはそんなもんなんだよ。時間なんて関係ないんだ。まぁ、恋をしたこともないティルには分からないだろうけどな」

ハンスの言葉を聞いて、ティルの脳裏にノアの姿が浮かんだ。

共に過ごしたのはわずかな時間なのに、こんなにも自分の胸を占めている。

もしかしたら、自分は彼のことを……。

そこまで思い、ティルは頭を振って考えるのをやめた。

自分は、恋なんてしてはいけない、偽りの存在なのだ。

ティルは自嘲《じちょう》気味に笑って、ハンスに一瞥《いちべつ》をくれた。

「そういう兄さんだって、初めての恋のくせに」

「そうだけど？　でも、もう今の俺は、昨日までの俺じゃないんだよ」

「まったく、調子がいいんだから」

その時、きゃあああああ、と絹を裂くような声が耳に届いた。

「女の人の悲鳴だ！」

弾《はじ》かれるように顔を上げたティルに、ハンスは小首を傾げる。

「んなもん聞こえたか？」

「どうして聞こえないの？　こんなにハッキリ聞こえたのに。行かなきゃ」

ティルは素早く杖《つえ》を腰に挿して、部屋を出ようと扉に手をかけるも、開けることができない。

「えっ、どうして開かないの？」

「あー、そういえば、昨夜もメイドさんが部屋に鍵《かぎ》をかけて行ったな」

「ええ？　そうだったの？」

「十二時以降部屋の外に出さないためだろ。朝になったら、開けにくるんだよ。トイレも部屋についてるし、水もあるし、問題はないんだけど」

「でも、今は出ないと大変なことになるよ」

胸が騒いで仕方ない。嫌な予感がする。

ティルがなんとか扉を開けようとガチャガチャとドアノブを動かしていると、ハンスは、やれやれ、と息をついた。

「ちょっとまってろ」

バッグから針金を二本取り出して、鍵穴《かぎあな》に差し込みカチャリと開けた。

「すごい、兄さん」

「任せろ。こういうことは得意なんだ。なんたって兄ちゃんは、神の手を持つ……」

得意げにそう話すハンスの言葉を、ティルは最後まで聞かずに部屋を飛び出す。

「って、おい、ティル」

「ごめん、急ぐよ、兄さん」

ティルは、本能が指し示すままに階段を駆け下りる。

玄関ホールの前まで来て驚いた。そこに漂っていたのは、今まで感じたことのないような空気だった。まるで廃墟《はいきょ》の城のように殺伐としていて、墓地のような湿った臭いがしている。

バクバクと鼓動がうるさく、危険だと警告音を鳴らしているようだった。

「ティル、待ってくれよ」

息を切らしながら追いついたハンスは、突然足を止めたティルの背中にぶつかりそうになり慌てて体勢を整えた。

「ど、どうした？」

ティルは呆然《ぼうぜん》としながら、あれ、と一階ホールの中央を指差した。

そこには、一糸纏《まと》わぬ姿でテーブルに寝かされ、恐怖に目を見開くリリーの姿があった。

テーブルの上には、ゆらゆらといくつもの燭台《しょくだい》の光が揺らめいている。

無数の黒い影がリリーを取り囲み、その中心にドクロをかざしてナイフを手にしている女の姿があった。

姿はよく見えないものの真っ赤に光る瞳《ひとみ》が、この世の者ではないことを感じさせる。

——あれは、生贄の儀式。

女は呪文の詠唱に集中していて、まだこちらには気付いていない。

「兄さん、大変だ。あのご令嬢を救い出さないと」

ティルが耳打ちすると、分かってるよ、とハンスは真っ青な顔で言う。

「でも、どうすりゃいいんだ。よりにもよって、今夜は新月だ」

魔導士は月の光を味方につけることができる。そのため、月の光がない新月に魔物と戦うのは不利だと一般的に言われていた。

「……今から僕の言う通り動いてほしい」

ハンスは「お、おう」とうなずく。

しかし新月は、見えていないだけで、その力は振り注がれている。

月の力を信じよう——。

ティルは腰に挿していた杖を手に取って、そっと天にかざした。

月の力をこの杖に溜《た》め込む。

新月の力よ、今は闇に加担せずにどうか我に力を――。

ティルは、スゥッと息を吸い込み、

「やめろ！」

と、黒い影たちの前に躍り出た。

黒い影は一斉にティルに目を向け、大きな口を歪《ゆが》ませるように笑みを浮かべた。

『おお、これは本物の処女ではないか』

『一晩に二人も獲物を授かれるとは、今宵はなんて良き日だ』

ザワザワとそう口にする。

次の瞬間、きぇえええ、と、この世のものとは思えない金切り声のような笑い声を響かせていくつもの黒い影が接近してきた。

「っ！」

やがてその黒い影は獣へと姿を変え、ティルの喉元《のどもと》をめがけて勢いよく飛んでくる。

ティルは杖を振り上げて自分の前に素早く五芒《ごぼう》星を描く。

黒い獣たちは、五芒星にぶつかって、弾かれていった。

祖父の本に書いてあったのだ。

自分の身を護《まも》るには、五芒星。自分の力を増幅させるには、六芒星を使うのが良いと。祖父の魔法陣は、その二つの力を兼ね備えたものだという。

本を読んだ時、それならいつでも魔法陣を描けば良いではないか、とティルは思った。

だが、こうして実戦を経験してみて、分かった。

咄嗟《とっさ》の時に魔法陣を描く余裕はない。戦いながら描くとならば、一筆で描ける五芒星が手っ取り早い。

「兄さん、魔法陣を！」

よっしゃ、とハンスがショルダーバッグの中から、魔法陣シートを出して床に敷く。

二人はすぐにその中に立った。

「我が名はティル・アドラー！　闇夜を照らす聖なる月の光よ、我を護る盾となれ」

ティルがそう声を張り上げると、魔法陣に描かれている線が、金色に光り出す。

「そして、光よ。闇を射貫《いぬ》く矢となれ」

金色の光の筋に、黒い獣が射貫かれ、チリとなって消えていく。

『おのれ……』

女の声が震え、赤い瞳が怒りを帯びている。

今の自分たちに敵《かな》う相手ではない。捕らわれているご令嬢を救うには注意を引いている間に、奴等《やつら》から彼女を奪い、結界である魔法陣の中に入って、そこでなんとか夜明けを待つしかない。ティルは、杖をくるりと回して円を描き、呪文の詠唱を続けた。

「――慈愛に満ちる月の力よ、我が頭上に降り注がれん」

杖が描いた円は大きな光の球体となり、

「行け、聖なる光よ」

ティルが叫ぶと同時に、黒い影にぶつかり、ドォンと激しい衝突音を響かせた。

「兄さん、今だ！　彼女をお願い！」

「任せとけ！」

女が怯《ひる》んだ隙にハンスは駆け出し、素早くテーブルの上に横たわるリリーの体を抱き上げ、再び魔法陣の中に転がり入った。

「やったか？」

ハンスは、息を切らしながら訊《たず》ねる。

「ぜ、全然だよ。小者は消せたかもしれないけど」

ティルも息を切らしながら、額の汗を拭《ぬぐ》った。

生贄《いけにえ》にされるところだった彼女は、自分の身を抱き締めてガタガタと震えて蹲《うずくま》っている。

「……お願いだからジッとしててくださいね」

ティルは、そう言って、全裸の彼女に自分の上着をかけた。

やがて、ティルが放った光が闇に消えていくと、そこには少しもダメージを受けた様子のない、栗色の長い髪をなびかせた赤い目の美しい女性の姿があった。

「シャーロット？」

大きく目を見開いてそう洩《も》らしたハンスに、彼女はクスリと笑った。

『……おや、ハンスではないか』

女神のような笑みを浮かべてそう言った彼女に、

「やっぱりシャーロットだ！」

と、ハンスは魔法陣から飛び出ようとした。

「って、兄さん、出たら駄目だ！」

ティルは慌ててハンスの腕をつかんでそれを阻止した。

その動きでシートがグシャグシャに歪み、

『歪んだ魔法陣など、結界として役に立たぬわ』

黒い獣たちが、高らかに笑いながら迫りくる。

「兄さん、早く魔法陣シートの皺《しわ》を伸ばして！」

ティルが必死に這《は》いつくばってシートを伸ばそうとするも、ハンスは呆然と立ち尽くしている。

「兄さん、手伝って！」

半泣きでそう声を上げるが、ハンスの耳には届いていないようだった。

黒い獣がティルたちに食いかかろうとしたその時、すんでのところで魔法陣のシートの皺がピンと伸びた。

獣たちは見えない壁の前で、今度は激突したくないと足を止め引き下がり、ティルはホッと胸を撫《な》で下ろす。

震えるような気持ちで、黒い獣たちを従える『シャーロット』を見る。その面差しは、昼間、塔の上で出会った少女とよく似ていた。

そう、あの少女を成長させたとしか思えない容姿。

もしかして……、

「……シャーロット様？」

そう洩らすと、彼女は楽しげに口角を上げた。

『そうじゃ。やはりそなたの髪と瞳《ひとみ》は美しい。わらわの虜《とりこ》にして、おびき寄せようと思っていたのだが、こうして目の前に現われてくれるとは……』

と白い手を伸ばし、魔法陣の結界の手前で止めた。

『……ああ、そうか。この結界は懐かしい。そして残念ながら、今宵は乙女座の新月。そなたたちに加勢をしているようだ』

そう言って窓の外を恨めしそうに仰いだ。

月は約二日半で星座間を移動する。

今夜の月は、乙女座に滞在していたようだ。

乙女座は『自分を律する』ことを司る、正義感の強い星座だ。

欲望のままに行動する彼女の味方はしないだろう。

『そなたとは、縁があるようじゃ。またあいまみえよう、アルバートの孫よ。いつかの礼をしなければならない』

「えっ、どうして、じいちゃんのことを……」

ティルが訊ねるも、シャーロットは口角を上げて踵《きびす》を返し、再び黒い人形《ひとがた》の影へと形を変えた者たちを引きつれて東塔へと、その姿を消した。

「た、助かった」

ティルはヘナヘナとその場に座り込み、

「シャーロットぉ……運命の出会いだと思っていたのに、まさか敵だったなんて」

ハンスは情けない声を上げている。

「兄さん……」

ティルは慰めの言葉もなくハンスを見下ろしていると、階段から足音が近付いてきた。

「誰だ？」

と、ティルは体を強張《こわば》らせながら、声を上げる。

「ティル様、ハンス様？」

足音の主は、燭台《しょくだい》を手にしているセルジュだった。

「セ、セルジュさん」

彼の背後には驚いたように目を見開いているノアの姿も見える。

「これは一体……」

呆然《ぼうぜん》と洩らされた彼の声に、ティルは言葉を詰まらせた。

驚くのも無理はない。

周辺を見回すと、粉砕された窓ガラス。魔法陣の上には上着を羽織ってはいるものの、全裸で蹲るご令嬢。その横で膝《ひざ》をついて呆然としているハンス——。

この状況をどう説明したらいいのだろう？

ティルが何も言えずにいると、セルジュが足早に歩み寄り、こちらを見据えた。

「十二時以降、部屋を出てはならないとあれほど申し上げましたよね？」

「悲鳴が聞こえたので、驚いて……」

「ここでの悲鳴があなたの部屋まで届くと思いませんが？」

「ですが僕には聞こえましたし、何より胸騒ぎがしました」

そうですか、とセルジュは息をつく。

「それで何を見ましたか？」

ティルはグッと拳《こぶし》を握り締めた。

「シャーロット様を」

そう告げた瞬間、セルジュはティルの手を取り、ぎゅっと包んだ。

「よくぞ……ご無事でした」

「セルジュさん？」

「あなた方の正体には、気付いておりました。素知らぬふりをしていたことを謝罪いたします。申し訳ありません」

包み込んだ手に力を込めたセルジュに、

「どういう……ことです？」

とノアは顔を歪《ゆが》ませた。

その時、ひいいいい、とリリーが頭を抱えて絶叫し、目を剝《む》いたまま階段を駆け上がっていった。

「しまった、彼女は錯乱しているようです！　ハンス様、彼女を連れ戻すのを手伝ってくださいますか」

セルジュがそう叫ぶも、ハンスは呆然と座り込んだままだった。

「すみません、兄も混乱中のようでして。僕が……」

ティルがすぐに追い掛けようとするも、階段の上には錯乱した彼女をしっかりと抱き締めるアンドレ男爵夫人の姿があった。

獣のような声を上げてしがみつくリリーの背中を摩《さす》る男爵夫人は、体を震わせながら皆を見下ろす。

「これは……一体どういうことなのでしょうか」

「アンドレ男爵夫人、このことは……」

セルジュは弱ったようにしながら、男爵夫人の許《もと》に歩み寄る。

「なにがどうなって、我が娘がこのような状態になっているのでしょうか？」

男爵夫人は金切り声を上げた。

「この城の決まりを破ったからですよ」

そこにやってきたメイド頭のアンナが、冷ややかにそう告げた。

「どういうことですの？」

アンナは、深くお辞儀をする。

「最初に、ご説明が不足していたことをお詫《わ》びいたします。この城は、深夜十二時を過ぎると血を求める死霊が徘徊《はいかい》する深紅の城。ですから、ここに滞在する方には絶対のお約束をいただいております。あなた方にも舞踏会に参加される際に契約書にサインいただいたことでしょう。必ず決まりを守ること、もし破ってしまった場合どうなろうともわたくしどもは責任を負えないと——」

丁寧かつ冷酷に言うアンナに、セルジュは「アンナ」と窘《たしな》める。

その間も獣のように吠《ほ》え続けるリリーに、ティルは顔をしかめた。

口から垂れ流される涎《よだれ》に、見開かれた目。体を覆う黒い影。

あれはただの錯乱状態じゃない……。

「どうやら、彼女は錯乱してるだけではなく、低級な悪霊が取り憑《つ》いています。早く祓《はら》ってしまいましょう」

そう声を上げたティルに、ノアとセルジュは動きを止め、夫人は眉《まゆ》を寄せる。

「祓うってどういうことです?」

「それにあなた、あの長い髪はどうしたの? 恰好《かっこう》も少年のよう……」

詰め寄るノアと夫人に、

「すみません、質問は後から受け付けます。今はとにかく彼女をあの魔法陣の上に」

ティルはそう言って杖《つえ》を持ち直し、

「兄さんは、そこをどいて」

ティルはハンスの反応が何もないことが一瞬気になったものの、今はそれどころじゃないと、魔法陣シートを移動させる。

ハンスは声もなく床に転がり、ティルは魔法陣を月の力が一番注がれるだろう場所に移動させた。

た。

「彼女をこの上にお願いします」

夫人は困惑しながらもセルジュと共に、錯乱しているリリーを魔法陣の上に座らせた。

ティルは、魔法陣の前に膝をつき、祈るように杖を握る手に力を込める。

呪文を詠唱し始めると魔法陣が月の力を受けて金色に輝き出し、ノアと夫人は驚愕《きょうがく》に言葉を失い、セルジュはどこか懐かしげに目を細めた。

今夜が乙女座の新月だったのは、ティルたちにとって幸運だった。

乙女座は『調える』ことも得意としている。

「……慈愛に満ちたる月の力よ、それは天の息吹《いぶき》。この者を包み給え」

それまで目に見えていなかった月の力が金糸のように変化してリリーを包み出し、まるで繭に包まれた蚕のようにその体は金色に覆われた。

「邪霊を浄化し、この者を癒《いや》し給え」

そう告げた瞬間、目も開けていられないほどのまばゆい光が放たれた。

そのまま静かに光は収束していき、魔法陣の中心には何が起こったのかと目を丸くするリリーの姿があった。

「えっ、ここは？　って、やだ、どうして私、何も着てないの？」

リリーは真っ赤になって自分の体を抱き締める。

「リリー、可哀相に。なんて酷《ひど》い目に」

と夫人は彼女を抱き締めた。

「これに懲りたら、もうこの城に来ないように」

そう言って背を向けたノアに、夫人は唇を噛《か》んで拳を握り締めた。

「アンドレ男爵夫人、申し訳ございません。お二人には後日バランド家からあらためてお詫《わ》びをさせていただきたく存じます」

深々と頭を下げたセルジュに、夫人は真っ赤になって顔を上げた。

「お詫びですって？　そんなものじゃごまかされないわ。娘はこんな酷い目に遭ったのですよ。しかるべきところに訴えますのでそのおつもりで。リリー、部屋に戻って支度を！　今すぐ帰りますよ！」

「えっ、お母様、待ってください」

勢いよく階段を上って行く母娘の姿を見送りながら、力尽きたティルは気絶するようにその場に倒れた。

「ティル？」

「ティル様！」

誰かの力強い腕に抱き上げられた気がしたが、ティルの意識はそのままぷつりと途切れたのだった。

第五章　伯爵の真相

1

朝を迎える前に、一階ホールは綺麗《きれい》に片付けられた。

与えられた部屋で一晩過ごした客人たちは、昨夜の騒動など知ることもなく、上機嫌で城を後にしていった。

ティルはというと、倒れたあと気絶したように眠り続けていた。

夢の中に浮かび上がるのは、ノアの姿だ。

王都の中でもひときわ豪華な屋敷に住みながら、彼は毎夜、悪夢に苛《さいな》まれていた。

うなされ、汗だくで飛び起きたノアの背中を、侍従長のセルジュが優しくさする。

『大丈夫ですか、ノア様』

『毎晩、同じ夢を見るんです……あの城の夢を。僕は呼ばれているんです』

ノアは頭を抱え、震えながらそう言う。

『あの城は、今やただの封鎖された城でございます。何者も呼んではおりませんよ』

セルジュがそう言うも、ノアは首を横に振った。

『今も魔物が息づいているのが分かる。近くで見張る者が必要です。僕が行かなければ……』

ノア様、とセルジュは弱ったように言う。

『忌まわしきものはすべて、高名な魔導士が封じ込めたではありませんか』

『それももう、半世紀も前の話。セルジュ、あなたは分かっているのではないですか？　おそらく、かつて魔導士が施した結界が脆《もろ》くなっているのでしょう。だからこうして夢に見る……もう時間の問題です』

——ティルは、そんな夢を見ていた。

そうだったんだ、とティルは目を瞑《つぶ》った状態で思う。

ノアは、バランド家の人間として、責任感をもってこの城に来たのだ。

過去の忌まわしきものをすべて自分が背負う覚悟で——。

ふと瞼《まぶた》を開けると、高い天井が目に映る。

太陽の光を反射して、シャンデリアが煌《きら》めいている。

「あれ……？」

ここはどこだろう。自分たちに与えられている客間じゃない。

ティルが天井を仰ぎながら、ぼんやり思っていると、

「気が付きましたか」

と、横から声がした。顔を向けると、ノアが心配そうな目でこちらを見ている。

「ノア様……、あの、ここは？」

ティルが体を起こそうとすると、そのままで、とノアがティルの額に手を当てた。

「熱は下がったみたいですね」

「熱？」

「あの後、倒れて、丸二日眠っていたんですよ。無理がたたったのか発熱もしていました」

「二日間も？　すみません」

ティルが、ばつの悪さに布団を鼻先まで引き上げると、

「謝ることはないですよ」

と、ノアは優しい口調で言う。

「あの……兄さんは？」

「彼は、あの後からずっと自室に閉じこもっております」

「そうですか……」

やはり少女のシャーロットと、ハンスの会ったメイドのシャーロットは同一人物だったということだ。

それがまさか、東塔の呪いに関係していそうな人物だったなんて……。

ショックだったのだろう。

兄さんは大丈夫かな、とティルは洩《も》らしたあと、ふと思い出して顔を上げた。

「それで、あの、他の貴族の方々は？」

「滞りなく帰られましたよ。他の者は、あの騒動にまったく気付いていませんでした」

そうだったんだ。

さすが広い城だ、とティルは少し感心しつつ、そっとノアを見上げた。

「……シャーロット様はどうなりました？」

「あの夜以降、十二時過ぎに部屋の外に出るなという禁忌を破っていないので分かりません」

「そうですか……」

「……君は、ラインハルト伯爵が差し向けた魔導士だったんですね」

「騙《だま》すようなことをして、すみません」

と、ティルは身を縮める。

「いえ、感謝しています」

その言葉が意外で、「えっ？」と目を見開いた。

「今までも何度か、この城の秘密をどこからか聞きつけては、魔導士がやってきたんです。ですが毎度、あの女——悪魔の餌食になっていくだけでした。正直、もううんざりだったんですよ。あんなに素晴らしい働きをしたのは、君たちだけです」

ノアはそう言って、しっかりとティルに視線を合わせた。

その言葉は嬉《うれ》しかったが、申し訳なさも感じた。

彼女と対峙《たいじ》して分かったが、決して、自分の力が及ぶ相手ではなかったのだ。

だが、ノアは意外な言葉を続けた。

「さすが、アルバート・アドラーの孫ですね」

「えっ、祖父を知っているんですか？」

「もちろんです。この城の悪魔を封じ込めてくれました。ですが、それは一時的なものだったようですが……」

「一時的なものというと？」

「シャーロットの力が強力すぎるが故に、完全に封じ込めることができなかったんです。そのため、条件をつけることで、なるべく長い年月、封印が続くよう試みたそうです」

「その条件が、深夜、悪霊たちを解放させることですね？」

「そうです。深夜十二時から夜明けまでの間、城の一階だけですが」

魔術というのは、制約を設けることで、効力が強まる。そして、あえて悪霊たちを解放することで彼らの力が東塔に溜《た》まりすぎるのを回避した。つまり、ガス抜きの役割も兼ねているということだ。

「そうだったんですね」

「おかげで、十二時以降、部屋の外を出歩かないという決まりさえ守ればなんとかなっていました」

ティルは納得して首を縦に振る。

「そうして、半世紀がたち、封印が解けかけてきたところで偉大な魔導士は後継者である孫を差し向けたというわけですね。まったく恐れ入ります」

ノアは、感嘆の息をつく。

「いえ、祖父がタイミングよく僕たちを差し向けたなんて、そんなことはないと思うのですが……」

ティルが思わずそう言うと、ノアは小さく笑う。

「では、偶然でしょうか？」

「そうかもしれません」

と、ティルは真顔でうなずく。

「もし偶然だとするなら、奇跡のようです。僕にはその方が不自然のように感じます」

そう言われてみれば、偶然で片付けるには、あまりにできすぎている。

しかし、あの祖父がここまで計算していたとは、どうにも考えにくい。

うーん、とティルが腕を組んで、唸《うな》っていると、

「では、『星の導き』でしょうか」

と、ノアが言う。その言葉に、ティルの頬が緩んだ。

「そう言えば、祖父はいつもそんなことを言っていました。起こることに偶然はないと。特に尊い出会いはすべて星の導きだと……」

尊い出会い……、とノアは反芻《はんすう》して、ティルを見詰めた。

「たしかに、僕も今、実感しています」

ノアにまっすぐに見詰められて、ティルの鼓動が速くなった。

「君との出会いが、とても尊いものだと……」

そっと、ノアがティルの頬に手を当てる。

戸惑いの言葉が洩れる間もなく、ノアの顔が近付いてくる。

唇を重ねようとしているのが伝わってきた。

拒否するには、十分な時間があった。

顔を背けることも、その体を押し返すこともできた。だけど、ティルは動けなかった。

それどころか、彼を受け入れるように、目を瞑っていた。

ゆっくりと、唇が重なった。

優しく重ねられた唇に、頬に触れる手に、間近に感じる体温に、目眩《めまい》を感じた。

唇を離して、そっと視線を合わせると、ノアはティルの首筋から胸元へと指先を滑らせ、そこで動きを止めた。

「え……？」

ノアは不審げに眉《まゆ》をひそめ、ティルの喉《のど》に手を触れる。

「やっ」

慌てて喉元《のどもと》を手で隠すも、ノアは大きく目を見開いていた。

「……本当に、女性だった？」

その言葉に、バクンと鼓動が跳ねる。

焦り以上に、ショックを受けていた。

なんだ、とティルは自嘲《じちょう》気味に笑う。

「ノア様は、僕が女だって、気付いていたわけじゃなかったんですね。てっきりノア様は僕の正体に気付いたんだって……。今のキスも熱い眼差《まなざ》しも、『女』の僕に向けられたものじゃなかったんだ……僕を男と信じてのことだったんだ」

そんなの……酷《ひど》すぎる。

ティルの目に涙が浮かぶ。

強くノアの体を押して、寝間着姿のまま部屋を飛び出した。

「ティル！」

ノアの声が、背中に届く。

それでも振り返ることもできずに、自分の部屋へと向かった。

ティルが、廊下を走っていると、

「ティル様、お風邪を引きますよ」

と、セルジュがガウンを手に駆け寄ってきた。

「セルジュさん」

足を止めて振り返った瞬間、ふわりとティルの肩にガウンがかかった。

「……何よりレディがそのような恰好《かっこう》で城内を歩くものではありません」

セルジュに優しく諭されて、ティルは弱り切って俯《うつむ》いた。

「もう、分かってしまっているんですね？」

申し訳ございません、とセルジュは頭を下げる。

「お着替えをさせていただくときに分かってしまいました。ああ、分かったあとは、アンナにお願いしたのでご安心を。彼女は誰よりも口が堅いですから」

「そうですか。ノア様にも話さずにいてくれたんですもんね。ありがとうございます」

ティルは、目をそらしながら傷付いたように言った。

セルジュは、切なげに目を細める。

「おつらい思いをさせてしまいましたね」

ティルが驚いて顔を上げると、セルジュは、申し訳ありません、と身を縮めた。

「ノア様とのやりとりを聞いてしまいました」

ティルは、恥ずかしさとやりきれなさに思わず俯く。

「どうか、ノア様を責めないで差し上げてほしいのです。そもそも男色家なわけではないのですよ。ノア様は、『女性と愛し合ってはいけない』と心に誓われているのです」

セルジュの意味深な言葉を受けて、ティルは瞳《ひとみ》を揺らした。

「どういうことですか？」

「ティル様、あなたにすべてをお話ししたいと思います。この城のすべてを。あなたには誰よりもそれを聞く権利がございます」

強い口調でそう告げたセルジュに、ティルは目を見開いた。

2

「どうぞ、ソファにお掛けください」

セルジュが応接室の扉を開けて、お辞儀をした。

ティルは躊躇《ためら》いがちに、部屋に足を踏み入れる。ガウンの襟を整えながら、金糸が施された翡翠《ひすい》色のソファに座った。

セルジュは、手際よく紅茶の用意をして、ティルの前にカップを置き、自分は向かいに腰を下ろす。

「わたくしは、あなた方がラインハルト伯爵の依頼を受けてやってきた魔導士であろうことは、事前にお手紙をいただいた時から、気付いておりました。『アドラー』という名を見て、アルバート・アドラー様の縁者であろうと予想していましたが、あなたのお姿を見てそれは確信に変わりました」

そう言って真っ直ぐに見詰めたセルジュに、ティルは「えっ？」と目を瞬《また》かせた。

「あなたはアルバート・アドラー様に瓜二《うりふた》つです。あのお方もとても美しかった」

そう告げたセルジュに、ティルは眉間《みけん》に皺《しわ》を寄せる。

「セルジュさん、祖父の若かりし頃をご存じなんですか？」

「いえ、彼がこの城に来た時にはすでに四十代で、あのお方の若い頃を知ってるわけではないのです。ただ、あのお方は力を発動する際に、光の中で若い頃のお姿に変わられたのです。金髪碧眼《へきがん》のそれは美しい青年に。その美しさは、今も忘れることができません。そして、そのお姿はティル様、あなたにそっくりでした」

懐かしむようにそう告げたセルジュに、ティルは何も言えずにうなずいた。

そういえば、祖父はよく言ってたのだ。

『ティルの愛らしさはわしに似たんじゃなぁ。わしの若い頃はそれは麗しい美少年で』

でも、ティルたちは『はいはい』と適当にあしらって取り合わなかった。

はじめて会った時から祖父は、白髪に白髭《ひげ》で、ビロードのマントを羽織り、杖《つえ》を持って、まさに魔導士という出《い》で立ちだったのだ。

金髪碧眼の美しい青年だった、なんて聞いてもピンとこない。

力を発動する時に若返るという話も初耳だ。ハンスからも聞いたことがないから、きっと兄も見たことがないのだろう。

おそらく、祖父はそれだけのパワーをここで使ったということだ。

「この城とノア様の関係について、少し長い話になりますが、よろしいですか？」

「あっ、はい。もちろんです」

ティルがそう答えると、セルジュは、ありがとうございます、と目を柔らかく細める。

「そうですね。何からお話ししましょうか。まずは、シャーロット様についてお話しした方が良いかもしれませんね」

そう言ったセルジュに、ティルは前のめりになった。

「あの、私も兄もシャーロット様に会っているんです。私が会ったのは、十歳前後の女の子で……あの子も何か関係が？」

「ああ、出会われてしまいましたか。あなたが出会った幼いシャーロット様は、この城に残る想念のようなものです。時々現われるのですが、ほとんどの者にはその姿は見えません。ですが、満月や新月が近くなると、彼女の想念や力が増幅されるので、目撃されることもあります。とはいえ、普通の者には、幽霊のようにおぼつかない白い影と、泣き声しか感じることができません。幼いシャーロット様の姿は、ティル様だからハッキリと見えたのでしょう」

ティルは相槌《あいづち》をうって、質問を続ける。

「兄は、物見の塔で、大きくなったシャーロット様に会っているんです。そこで兄は彼女に恋まで……それも残留想念でしょうか？」

「いいえ、ハンス様が出会ったのは、もっと厄介なものです。東塔に閉じ込められているシャーロット様が放った念なのです。これも満月や新月の日に時々起こることで、外部の者をそそのかして、東塔の門をあけさせようとするんです」

そういうことだったんだ、とティルは息を呑《の》んだ。

「それにしても、ハンス様がシャーロット様に恋を……それで、あんなに落ち込まれていたのですね。この城に関わったばかりに、そんな可哀相な想いをさせてしまうとは……」

と、セルジュは申し訳なさそうな表情で洩《も》らす。

「そもそも、彼女は何者なんでしょうか？」

その言葉にセルジュは遠くを見るように目を細めた。

「そうですね……シャーロット様は、本当に可哀相な少女でした」

「可哀相？」

意外な言葉にティルが眉根《まゆね》を寄せると、セルジュは小さく息をついた。

「わたくしも先代達から聞いた話ですが……」

ゆっくりと語り出したセルジュに、ティルは緊張に汗ばむ手をギュッと握り締めた。

*

──今から、約百年前。

その頃からバランド家は、十分すぎるほどに裕福な伯爵家でしたが、当時の城主はとても野心家でした。

今よりも財力を蓄えようと、あらゆる手を使って、家格はバランド家よりも下なれど、財力のある子爵の娘との縁談を取り纏《まと》めたのです。しかし、まだその娘は幼く、正式な婚姻を結ぶのは彼女が十六歳になってからという話になりました。花嫁となる少女は、ほぼ、人身御供《ひとみごくう》のような状態でこの城にやってきたのでした。

それが、シャーロット様です。

その時、彼女はまだ八歳で、対して当時のバランド城主は三十路《みそじ》を迎えていました。財産だけが目当ての契約。それは貴族の間では珍しい話ではありませんでした。

しかし、シャーロット様に対する城主の扱いは酷《ひど》いものでした。

城にやって来たシャーロット様には目もくれず、自分は勝手気ままに女遊びを楽しみました。時には城にも女性を連れ込んで。

しかしシャーロット様も子爵家のご令嬢。賢く、口がよく立ったので、城主の行動を非難したのです。城主は、そんな彼女を『生意気だ』とさらにうとましく思い、塔の上に閉じ込めておくよう、使用人たちに命じました。

そうして厄介な少女を目の届かないところに追いやり、城主は再び気ままに過ごしていたのです。一方で閉じ込められたシャーロット様は、部屋を出ることすら自由にならず、姑《しゅうとめ》となる城主の母君からひたすら伯爵家の妻としてふさわしい振る舞いを叩《たた》き込まれる日々。母君からも『生意気だ』と可愛がってもらえず、ヒステリーをぶつけられ続けました。

やがてシャーロット様は、隣接する書庫に籠《こも》って本ばかり読むようになりました。それでも彼女は婚姻の日を心待ちにしていたといいます。

それによって、自由に外出できるようになることもそうですが、シャーロット様は生意気なことを言いながらも、心の奥底では城主を慕っていたためです。

当時の城主も、それは美丈夫だったそうですから。

『私が美しく成長したなら、彼も私を見てくれる。私を愛してくれる。そうしたら、今の窮屈な生活は一変するはず。早く十六歳になりたい』

そう信じ、願い続け、軟禁生活に甘んじておられました。

しかし十六歳の誕生日を目前に控え、心弾むような毎日を送っている時に、事件は起こりました。

シャーロット様のご生家である子爵家で後継者をめぐるお家騒動が起こり、彼女のご両親が殺害されたという報《しら》せが届いたのです。そう、この事件のせいでシャーロット様は、城主にとってなんの価値もない存在になってしまいました。

切り替えの早い城主は、あっさり別の裕福な貴族の娘と結婚を決めたのです。

もう帰る場所のないシャーロット様を追い出しては外聞が悪いから、周囲には養女にしたことにして、死ぬまで塔に閉じ込めておけと言って……。

＊

そこまで聞いたティルは、そんな……、と口に手を当てる。

「ひどい話でしょう？」

セルジュは沈痛な面持ちで言う。

「それでシャーロット様は？」

「……バランド家の惨劇はそこから始まりました」

「惨劇？」

「……はい。その事実を知った時、シャーロット様は痛々しいほどにお嘆きになったそうです。明るい未来を思い浮かべ、それを生きる支えにしていた彼女に突き付けられた事実は残酷すぎたのです。そうして、彼女の精神は少しずつ壊れていきました。書庫に籠ってはブツブツと呪いの言葉を洩らす日々。そんなある日、彼女は見付けたのです。『悪魔と契約する方法』が書かれた古書を……」

その言葉に、ティルは「もしかして……」と顔を蒼白《そうはく》にさせる。

「ええ、彼女は召喚陣を描き、悪魔と取り引きし、魔女となったのです」

暗い瞳《ひとみ》でそう告げたセルジュに、ティルは絶句した。

――悪魔と契約し、その力を得たシャーロット様が最初にしたことは、強固な鍵《かぎ》を掛けられた塔の扉を破壊し、城主の花嫁となった貴族の娘の喉《のど》を切り裂いて生贄《いけにえ》とし、その血肉を喰《く》らうことでした。

花嫁の血で真っ赤に染まったシャーロット様の姿を目の当たりにした城主は気が触れたそうです。

しかし彼女はそれで良かった。

わめき叫ぶ城主を腕に抱き締めて、血に染まった唇で口づけを交わし、夫婦の寝室で契りを交わしたそうです。

それからのバランド家の繁栄はすさまじいものでした。

悪魔の力により巨万の富を得て、社交界の華となりながらも、裏では定期的に生贄の血が必要とされるようになったのです。

侍従たちは恐怖に震えながらも近隣から町娘をさらっては、生贄を必要とするシャーロット様の許《もと》に届けたのです。

東塔にこもって若い娘をいたぶるように拷問し、その血をすすり、肉を喰らい、高らかに笑う魔女。

その力故に、彼女は決して老いることなく美しいままでした。

生贄の血に染まる城を使用人たちは恐れて『深紅の城』と呼んでいました。

年月が経ち、そんなバランド城から一人、ラインハルト家に嫁いでいった娘がいました。

それが、現ラインハルト伯爵の母君にあたる方です。

自分の息子のために悪魔と契約した母君のその行動は、呪われたバランド家ならではだったのでしょう。

そうして、当時十五歳だったラインハルト伯爵も悪魔に体を奪われました。

しかし、バランド家のような惨劇には至らずに済みました。

なぜなら、そこにあなたの祖父であり偉大な魔導士アルバート・アドラー様が現われてくださったからです。

そこまで話すと、セルジュは小さく息をつき、柔らかな笑みを浮かべた。

「ここからの話はあなたもご存じでしょう。アルバート・アドラー様はみごとラインハルト伯爵を救ったのです。その噂を聞きつけたのが、その頃バランド城に来たばかりのわたくしでした。ラインハルト伯爵にお願いして、ぜひ、その奇跡の魔導士を我が主《あるじ》の城にとお願いしたのです」

「それで祖父は、この城に……」

ティルが納得していると、

「そんなの、嘘だ！」

と、廊下で声がした。

セルジュがすかさず扉を開けると、走り去ってくハンスの背中が見えた。

「ハンス様……」

「兄さんっ！」

ティルが廊下に出た時には、ハンスの姿は見えなくなっていた。

シャーロットにまつわる悲しくも恐ろしい事実を知って、ショックなんてものじゃないだろう。

でも、いずれ悪魔祓《ばら》いのために、知らせずにはいられなかったことだ。

ティルは小さく息をつき、セルジュをしっかりと見た。

「祖父はどうやって、シャーロット様を封じたか覚えていますか？」

「ええ、もちろん。それはじっくりお伝えしようと思います。その前にティル様、我が城主を救っていただきたいのです。この忌まわしきバランド家の罪を一身に背負ったあの方を苦しみと孤独から……」

そう言って深々と頭を下げたセルジュに、ティルは息を呑んだ。

3

「ティルは女の子……でしたか」

ノアは、ティルが寝ていた客間のベッドに横たわりながら、虚《うつ》ろな目をしていた。

まだティルの感触が残る掌《てのひら》を見詰めて、彼女と交わした口付けを思い出す。

目に涙を浮かべて部屋を飛び出して行ったティルの姿が脳裏を過《よぎ》り、胸がズキンと痛むのを感じた。額に手を当ててクシャッと前髪をつかむようにかき上げた。

——いや、でもこれでいい。

ノアはベッドに仰《あおむ》向けになり、高い天井を仰ぐ。

かつての自分は、宮殿のような屋敷に住んでいた。

名門バランド家の一人息子として何不自由のない暮らしをしていた。

乗馬に狩りに舞踏会の日々。

輝かしい未来が約束されていると信じてやまなかった。

そんな自分が悪夢を見るようになったのは、十六歳の誕生日を迎えたその日からだ。

『深紅の城』のホールに響く十二時を知らせる鐘の音。

封じられた扉が開き、深紅の瞳の魔女が姿を現わす。

ゾロゾロと付き添うは黒い影の僕《しもべ》たち。

彼らは城に迷い込んだ動物や人間を捕まえてはその血肉を喰らう。

やがて夢は、かつてその城で行われていたおぞましい儀式の数々を映し出していった。

近隣の村娘をさらって行われた悪魔の儀式。

その、血腥《ちなまぐさ》い光景を……。

今や誰も住んでいない、辺境の地に立つ『深紅の城』の存在は知っていた。

だが、その忌まわしくも、おぞましい過去を知る由もなかった。

本当にただの隠居用に建てられた、夕陽に照らされるその外観と景色が自慢の城だと思っていた。

ノアはゆっくりと体を起こし、窓の外に目を向けた。

夕陽に照らされる手入れの行き届いた美しい庭を見下ろして、苦しげに眉根《まゆね》を寄せる。

この城の情景は、胸に迫るほどに美しい。

だがかつて、この城を燃やしてしまわなかったのは『美しすぎた』からではない。

悪霊たちが放たれてしまっては、収拾がつかなくなるからだ。

この城は、バランド家の血塗られた墓。

自分たちは、呪われた悪魔の一族。

悪魔の末裔《まつえい》なのだ。

ノアは、自分を絶望の淵《ふち》に追いやった『あの言葉』を思い出す。

ノアはチェストの引き出しから、薔薇《ばら》の装飾が施された箱を取り出した。その中には、ナイフが入っている。

ナイフを手に取って、首筋に当てた。

……今まで何を躊躇《ためら》っていたんだろう。もっと早くこうすればよかったのだ。

自分は悪魔の血を引く一族の末裔。それでも今までどこか『生』にしがみついていた。

だがそれも、虫のよすぎる話だ。

ギュッと目を閉じて、手に力を込めようとした瞬間、

「駄目だ！」

と声が響き、ナイフを持つ手首をしっかりとつかまれた。

驚き振り返ると、息を切らしているティルの姿にノアは目を見開いた。

ティルは、目をそらさずにノアを見据える。

「駄目だよ、ノア様。あなたが死んでも解決にならない」

ノアの瞳《ひとみ》が戸惑いに揺れている。

「ティル……」

いつも悲しみと絶望を映している、ノアの深い紫色の瞳――。

どうしてなのか、ようやく分かった。

祖父が、シャーロットを完全に祓《はら》えなかったそのわけも。

「セルジュさんに聞きました。あなたが日夜うなされ、耳に残っているという呪いの言葉」

それは、祖父がシャーロットを封印した際に発した言葉だった。

『これで勝ったつもりか、アルバート・アドラー。封印など半世紀も経てば力が弱まり、わらわはまた自由になるであろう。覚えておけ、バランド家直系の血が続く限り、わらわは、生き続ける』

――シャーロットが悪魔と交わした血の契約。

それはバランド家の直系の血が残る限り、彼女は存在するというもの。

だから祖父は、シャーロットを完全に祓えずに塔に封印するしかなかった。

そしてノアは、そんなバランド家の正統な血を引く最後の一人。

「あなたは後世にバランド家の血を残してはならないと心に誓ったんですよね？　それでこの城に戻り、朽ち果てようとした。バランド家の最後の一人として……」

だから女性と愛し合ってはならないと拒絶していた。自分の血を遺《のこ》してしまう可能性があるからだ。

「きっと、僕に触れたのは、もう一人で背負うのが限界だったからではないんですか？」

たった一人でバランド家の罪を背負うには苦しくて、ぬくもりを求めたのだ。

「どうかもう……一人で苦しまないでください」

切なく投げかけられたティルの言葉に、ノアは顔を歪《ゆが》ませた後、ティルの体を強く抱き締めた。

「ティル、これは我が一族の罪です。君には、関係のないこと。大事になる前に君の兄と共にこの城を離れてください。僕はもう……この忌まわしき呪いで誰かが犠牲になるのは見たくない。終わらせたいんです」

喉《のど》の奥から振り絞るようにそう洩《も》らしたノアを見て、ティルは目に涙を浮かべた。

「ノア様、僕にも十分に関係があることです。これは祖父が片付けられなかった仕事。何より僕は、悲しい運命に囚《とら》われてしまったシャーロット様を、そしてあなたを救いたい。どうか僕と共に戦いましょう」
ティルは、ノアの手を取って、強い口調で言う。
「ティル……」
ノアの大きな手が頬に触れて、唇が重なった。
二度目のキス。
これは、偽りのない自分自身として交わした初めてのキスだ。
唇を重ね合わせながら、これはすべて運命なのだと感じた。
これまで自分は祖父や兄に護《まも》られてばかりだった。
そのことが当たり前すぎて、今まで気付いていなかったくらいだ。
そんな自分は恋をして、初めて誰かを護りたいと思っている。
愛しい人を救いたい。
そのために、力を尽くそう。
ティルはノアの背中に手を回し、誓いを立てるようにその熱いキスに応《こた》えた。
「性別を隠していたのは、やはり魔女狩りを恐れて？」
唇を離して、ノアは小声で訊《たず》ねる。ティルがうなずくと、ノアは大きく息をついた。
「本当に、くだらない悪法です。本当の魔女は火刑などでは死なないというのに」
ティルは言葉を詰まらせた。

そう、魔女と疑いを掛けられたら最後、裁判なんてあってないようなもの。

火刑になるまで、その疑いは晴れることがない。

死を以《もっ》て自分がただの人間だったことを証明するしかない。

やりきれないし、納得もいかないけど、この悪法ばかりは変わるのに長い歳月を要すると、祖父も言っていた。

だからティルは自身を偽り続けるしかなかった。

「君もつらかったですね、ティル」

優しく頬に手を触れたノアにそう告げられ、目頭が熱くなった。

「ノア様、僕がつらかったのは、ほんの少しだけ。孤独ではなかったですし、何より今は、この自分で良かったと思っています。だって……」

ノアは、ティルが続けたかった言葉を察したように、嬉《うれ》しそうな笑みを浮かべた。

「僕もです。色々ありましたが、君という人に出会えたことに感謝したいです」

そっと、互いの額を合わせる。

そう、自分たちは事情は違うけれど、互いに複雑な事情を抱え、自分を抑えて生きてきた。

けれど、本当の自分をさらけ出せる相手にようやく出会えたのだ。

「ノア様、実はまだ話してないことがあって」

なんでしょう、とノアが優しい瞳で見下ろす。

「僕の本当の名前」

「ティルは偽名なんですね？」

「偽名というか、昔からの愛称で本当の名前は別にあって」

ティルがもじもじしながら言うと、ノアは、ふふっと笑って訊ねる。

「なんと言うのでしょう？」

「……ティアラ」

ポツリと洩らしたティルに、えっ？　とノアは訊《き》き返した。

「僕の名前は、ティアラ・ローズ・アドラー。だから、舞踏会の時、ノア様が僕の本当の名前を呼んでくださって、実はすごくドキドキしてました」

もう、ずっと呼ばれることのなかった名前だから。

宝箱の奥底に隠して、誰にも見つからず、自分でも気にも留めなくなってしまったような本当の名前。

舞踏会の時、ノアがその名前を呼んでくれて、どれだけ嬉しかったか。

「そうか、ティアラ・ローズ・アドラー。美しい名ですね」

と、ノアがこめかみにキスを落とす。

「あっ、でも、皆の前では『ティル』と呼んでください」

「分かりました。本当の名前を呼ぶのは、二人きりの時に」

「二人きりの時って、そんな……」

「おや、何か想像しましたか？　恥じらう顔も可愛いですね」

もう、とティルは顔を手で覆う。

ノアはそんなティルを抱き寄せた。

こんな時だけれど、こんな時だからこそ、ようやく巡り会えた唯一無二の存在のぬくもりを感じたい。

彼の体温が心地よくて愛しくて、ティルはこれまでよりも強くなれるような気がした。

4

「ああ、こんなに清々《すがすが》しい朝を迎えたのは、本当に久しぶりのような気がします」

翌朝、セルジュは、朝陽が差し込むホールに立ち、皆を見回した。

「そうは思いませんか、皆さん」

ホールには、アンナを始めとする信用のおけるバランド家の十人の使用人たちが揃っている。

「ええ、セルジュさん」

「本当ですね」

彼らは、決意を固めたしっかりとした眼差《まなざ》しを見せる。

セルジュは満足そうに微笑んで、振り返って声を上げた。

「ノア様、皆揃いました」

その言葉を合図にホールの扉が開く。

上質な黒いサーコートに身を包み、腰には剣を下げたノアが姿を現わした。

正装した凛々《りり》しいノアの姿に、皆は思わず息を呑《の》む。

何より、昨日までとは何かが違う雰囲気があり、皆は圧倒されていた。

「……皆、よく集まってくれました」

落ち着いた口調でそう告げたノアに、皆は頭を下げる。

「ここに集まってもらった皆は、侍従長のセルジュをはじめ、今はメイド頭ですが、かつては僕の護衛だったアンナなど、王都から付き添ってきてくれた者たちばかりです。ですから、知っているでしょう。僕がこの城にやって来たのは、かつてバランド家が犯した罪を償い、終わらせるためだったと」

ティルは、ノアの話を聞きながら、ちらりとアンナの方を見た。

彼女は、王都でノアの護衛を務めていたんだ。

東塔の前で遭遇した時の尋常ならぬ動きを思い出し、ティルは密《ひそ》かに納得する。

「この城に住む者たちは、毎夜開かれているであろう東塔の扉に怯《おび》えながら暮らしてきました。僕は、この城で番をしながら、かつて偉大な魔導士が施した封印の効力が切れると同時に、自分の命を絶つ覚悟でいました」

バランド家の正統な血を引く者が生き続ける限り、シャーロットは存在する。

つまりノアが自害したなら、シャーロットは消滅するのだ。

「その覚悟をしながらも、魔女と戦おうとは思いもしていなかった。悪魔に立ち向かう術《すべ》などないと……」

ノアはそう言って目を伏せたあと、しっかりと顔を上げる。

「ですが、それも今日で終わりにします。戦って、この忌まわしい状況を打破し、バランド家の罪に終止符を打とうと思う。それには皆の協力が必要です。どうか手を貸してほしい。共に戦ってほしい。この城と我々の未来のために」

強い口調でそう告げたノアに、皆は大きく目を見開いた。

未来に絶望していたノアの暗い瞳《ひとみ》に、強い生気がみなぎっているのを見た使用人たちは、目に涙を浮かべながら、強く拍手をした。

「ありがとう。では、この戦いに欠かせない人物を紹介します。かつて悪魔の巣窟《そうくつ》と化したこの城を救った大魔導士アルバート・アドラーの孫、ティル・アドラーです」

そう声を上げたノアに応じて、ホールの脇で待機していたティルが、おずおずと姿を現わした。

深い翡翠《ひすい》色の燕尾服《えんびふく》にショートパンツ姿。長いソックスにブーツというまるで王子様のような姿で現われたティルに、使用人たちは『やはりラインハルト伯爵が寄越した客人は、只者《ただもの》じゃなかったのか』と納得したようにうなずいている。

「ええと、あらためてティル・アドラーです。ここに来たのは、ラインハルト伯爵から『この城の呪いを解いてほしい』と頼まれたからです。ですが、ここに来るまで詳しい事情を知らずにいました。半世紀前に祖父が行った封印の仕事のことも……」

でも、とティルは、続ける。

おずおずとした口調がなくなり、強い眼差しを見せた。

「すべての事情を聞いて、これは僕に課せられた宿命だと思いました。ラインハルト伯爵の依頼を遂行してみせます。なんとしても、この城の呪いを解いてみせます！」

皆は、わあ、と顔を明るくして、惜しみない拍手を送った。

ティルはホールを見渡して、皆の中にハンスの姿がないことに眉《まゆ》を寄せた。

「あの、セルジュさん、昨日から兄の姿を見てないんです。どこに行ったか知りませんか？」

「……それが、少しの間一人で考えたいことがあるから、そっとしておいてほしいとお申し出がありまして、西の外れの部屋にいらっしゃいます。食事もそこに運んでもらえたらとのことで」

　そうですか、とティルは目を伏せる。

「すみません。いつもは能天気な兄なのですが、その分純粋で……だから、傷も大きいんだと思うんです」

　ティルが申し訳なさそうに言うと、ノアが首を横に振った。

「ティル、分かっていますよ。元はと言えば、この城での不運な出会いが原因です」

　そう、ハンスが恋をした相手は、魔女と化したシャーロットが放った念だったのだ。

「ありがとうございます」

　ティルはためらいながらそう言って頭を下げ、表情を正して皆を見た。

「それでは、作戦会議を始めましょう」

　ノアの呼びかけに、一同はうなずき、ホール横の応接室に入った。

　テーブル上に城の見取り図を広げる。

「あの、まずは参考にお聞きしたいのですが、祖父はどうやって悪魔を封じたのですか？」

　とティルは、セルジュに問いかけた。

「アルバート様はまず、城の周りに印のようなものをつけておられました。木の幹に術を書き込んだ赤いリボンを結んでおられたような……」

　セルジュはそう言って城の周りを描いた地図を開いて、「大体、グルリとこんな感じに」とペンで囲う。

「あ……なるほど、城をすっぽり自分の結界に入れて、中の魔物の力を半減させたわけだ」

　ティルは独り言のようにつぶやき、

「でも、これなら円で囲むよりも、五芒《ごぼう》星で囲ったほうがより強固かもしれない」

と、ペンを取って、城の周りに五芒星を描く。

　その星を見て、ノアは「ん？」と眉を寄せ、

「変わった星ですね。普通はヘキサグラムではないんですか？」

「六芒星も強い効力がありますが、護りに適しているのは、五芒星だと祖父は言っていました。何より、祖父は東洋の書物で学んだ五芒星を好んで使っていまして」

「どうしてでしょう？」

「六芒星より五芒星の方が素早く描けるからって」

　そう答えたティルに、話を横で聞いていたセルジュが、ふふっ、と笑う。

「アルバート様らしいですね」

「よくご存じなんですね？　祖父のことを」

「少しの間、時を共にしただけなのですがね」

セルジュはそう言って、懐かしげに目を細め、かつての思い出を語り始めた。

『セルジュと言ったか。どうしてそなたは、「深紅の城」に？』

半世紀前のこと。

当時、わたくしはまだ二十歳になったばかりの若造で、アルバート・アドラー様は、わたくしの父親と同じ年齢でした。しかし、そうとは思えぬ機敏な動きで城の周りを歩き回り、木の幹に術を書き込んだリボンを結びながら、世間話のようにそう訊《たず》ねてこられたのです。

わたくしも彼の指示に従ってリボンを結びながら、はにかんで答えました。

『実はわたくしは、没落貴族の息子で、バランド家に借金があるのです。それで……』

おちぶれてしまった我が生家。それでも名門貴族であるバランド家の侍従長として働けるならばと、気持ちも新たに城にやってきたものの、そこは血腥《ちなまぐさ》い悪魔の城だった。

落胆と絶望の中、このままではいけないと勇気を振り絞って書いたのがラインハルト伯爵に宛てた手紙でした。

それは、シャーロット様に発覚したら即座に殺されるという極限の心境の中、命をかけて書いたもの。

ラインハルト家の悪魔を祓《はら》った魔道士を紹介してほしいという願いが聞き入れられ、城を訪れてきたのは、どこか気の抜けたような朗らかな中年の男性でした。

『なるほど、そなたは、貴族の子息であったか。それで、上品で洗練されているのだな。そなたを悪魔城の侍従長にはできんな。がんばらねばならん』

そうおっしゃった彼の笑みを見て、目頭が熱くなりました。

悪魔の城を訪れながらも臆《おく》することなく、飄々《ひょうひょう》としていて、不安を温かく包んでくださったのです。

かと思うと、『まずはワインじゃ、酒もなく退魔ができるか！　っていうか、もう疲れたから帰りたい！』と、無茶苦茶なことを言い出されたりもする。

時に不安にもなりましたが、彼は最後に奇跡を見せてくれました。

ホールに描いた巨大な陣の中央で、眩《まばゆ》いばかりの光の中で手をかざすと、中年だった姿がみるみる若返り、それは美しい青年へと姿を変えたのです。

輝くような金髪に、まるで壁画から抜け出したかのような美しい容姿――。

「――まさに神の遣いのような神々しい美しさに皆は言葉もなく、呼吸すらも忘れるほどでした。……いや、本当に懐かしい。ティル様にお会いできた時は嬉《うれ》しかったですよ。あの時の美しいアルバート様に本当によく似ていらして」

熱い息をつきながらそう洩《も》らしたセルジュに、ノアは露骨に眉根《まゆね》を寄せる。

「なんだか、不愉快ですね。ティルと中年男を重ねないでほしいのですが」

「ノア様、我が城の恩人であり、何よりお孫様の前でなんてことを」

慌てるセルジュに、ティルは「あっ、平気です」と手を横に振る。

「兄さんもよく『クソジジイ』って怒鳴ってたくらいなので」

その言葉に皆は、ぷっと笑った。

作戦会議は、和気あいあいと進められた。まずは祖父の時に倣って、綿密に城の周りに結界を張ることを決め、その後は書庫で何か有力な情報はないかを調べて一日を終えた。

「――しかし、悪魔と戦う作戦を立てているというのに、恐れおびえるどころか笑いが絶えないとは、面白いものですね」

夕食前に部屋に二人きりになるなり、ノアはしみじみとそう言って、ティルを見た。

「今の城が明るいのは、君のお陰ですね、ティル」

「いえ、僕は別に何も……」

「君の祖父――アルバート・アドラー氏も随分、明るい人物だったようですね」

「まぁ、そうですね。朗らかな人でした」

「では、君の祖母は?」

会ったことがないんです、とティルは肩をすくめる。

「祖母は、僕が生まれる前に病気で亡くなってしまって……」

祖父と父の関係が断絶したのは、祖母の死が原因だったという。

『どうして、母さんの病気を治せないんだよ。高名な魔導士アルバート・アドラーだろ? 村はずれの子どもの病気を治したこともあったじゃないか。いつも自分の力を自慢しているくせに、他人ばかり救って、どうして自分の家族を救えないんだよ!』

これは、祖母の葬式に立ち会ったという村の住人に聞いた話だ。

祖母の葬式で、泣きながら罵倒《ばとう》する父に、祖父はこう言ったという。

『……すまん。天命ばかりはどうしようもないこと。今、天に召されたのは彼女の運命。私がどう努力しようと一時の慰めにしかならん』

『努力だって? 何もしてなかったじゃないか。魔法陣だって一度も描きもせずに、ただ側に寄り添っていただけで結局死なせちまった。なにが大魔導士アルバート・アドラーだよ! 一番大切な存在を救えないおまえはただの役立たずだ!』

そう叫んで、父はその後、家を出たそうだ。

父は、結婚しても、子どもを授かっても、祖父に会いに行かなかった。

祖父はきっと、孤独だったただろう。

けれど、それをおくびにも出さず、堂々と生きてきたのだ。

祖父の胸の内を思い、ティルが思わず俯《うつむ》くと、ノアがそっと肩を抱く。

「ノア様……」

互いの顔が近付いた瞬間、バタンとノックもせずに扉が開かれ、ティルとノアは驚いて振り返った。

「おお、これはこれは。お邪魔だったみたいで、悪いね」

と、そこには輝くような銀髪に、冴《さ》えた蒼《あお》い瞳《ひとみ》の美しい少年がいた。

「レイリー……」

ノアが、呆然《ぼうぜん》とつぶやく。

ティルは驚きつつも、この前はどうも、と挨拶《あいさつ》をしようとして、そういえば初対面の振りをしなければならないのだった、と口を閉じた。

「城に入るなり、メイドたちが教えてくれたよ。ノアが美少女と婚約したって。美少女って、君のことだろう、ティル」

まさかと思っていたけど本当に女の子だったなんてね、とレイリーはティルの横に来て、小声で告げる。

疑われていたんだ、とティルはぎょっとしたが、レイリーはそのままティルから離れて、ノアの前へ行き、ノアのシャツの襟をつかんでグッと引き寄せた。

「おめでとう、ノア」

顔を近付けてニッと悪戯《いたずら》っぽく笑うレイリーに、ノアは顔をしかめる。

「……レイリー」

「でも、君は、ちゃんとこの子を守れるの？　もしくは、ただの気まぐれ？　だって君は俺とも付き合っていたんだよね？」

レイリーが急に真剣な表情になって、ノアを見据える。

ティルは、慌てて首と手を横に振った。

「あ、あの、僕は席を外します。だから、その、どうかゆっくり話し合って」

ティルがそう言いかけた横で、ノアがハーッと息をついたあとゴツンとレイリーの額に自分の額をぶつけた。

「痛いな、仮にも恋人相手に酷《ひど》いよ」

レイリーは、額に手を当てて、涙目になる。

「僕も同じように痛いですよ」

と、ノアも額をさする。

ティルはぎょっと目を丸くした。

「そ、そうですよ、ノア様、なんてことを！」

ノアは、やれやれ、と肩をすくめた。

「まったく悪乗りしすぎです。あらためて、紹介しますよ、ティル。親戚《しんせき》であり、親友のレイリー・シュタインです。彼は僕の事情を知っていて、これまで時に恋人の振りをしてくれていました」

ノアの説明を受けて、ティルはぽかんと口を開ける。

「それじゃあ、やっぱり、あの噂は……ノア様に近付いてくる女性を避けるために、レイリーさんと組んでしていた芝居で、本当のことではなかったんですね？」

「ええ、ですが、ちょっと恋人の振りをしたら、瞬く前に広まりましてね」

ノアが肩をすくめると、レイリーが笑った。

「まぁ、俺たちみたいな美形男子が二人でイチャついたりしてたら、すぐ噂になるだろうな」

ノアは、レイリーを見て、うん？　と小首を傾げる。

「レイリー、なんだか、雰囲気が変わりましたか？」

「えっ、そうかな。雰囲気が変わったのは、ノアの方だろ」

と、レイリーは笑い、話を戻した。

「ちゃんと聞きたいんだよ。君の婚約は、一時しのぎのごまかしなのか、本気なのか」

そういえば、とティルも息を呑《の》む。

自分とノアの関係は、なんなのだろう？

共に戦う約束はしたけれど、それ以外の約束はしてないのだ。

そう思っていると、ノアはしっかりとティルの肩を抱いた。

「舞踏会の時は、その場しのぎの演技だったけど今は違います。僕は彼女を正式な婚約者として迎えたい」

ハッキリとそう告げたノアに、ティルは目を見開き、レイリーは小さく口笛を吹いた。

「いいね、いい顔してる。でも彼女は、初耳って顔で相当驚いているようだけど？　君が一人で突っ走ってるだけで、彼女は不本意だったりしない？　大丈夫？」

そう言って楽しげに笑ったレイリーに、ノアは言葉を詰まらせる。ややあって、そうなのですか？　と不安げにティルを見た。

「ううん、ノア様が一人で突っ走ってるだなんて、そんな。……僕も嬉《うれ》しいです」

真っ赤になって目をそらしつつそう告げたティルに、ノアも頬を赤らめ、

「なんだよ、当てられた気分だな」

レイリーは、露骨に顔をしかめる。

「それじゃあ、君が婚約を決めたということは、二つの意味を持つわけだけど。どちらを選択したのか気になるね」

「二つの意味？」

ティルが首を傾げると、レイリーは、そう、と人差し指を立てる。

「ひとつは、さまざまなことに目を瞑《つぶ》り、ここからどこか遠くへ旅立って、子どもを儲《もう》けずにひっそりと生きていくことに決めたのか、もうひとつは、この城の魔女を完全に滅する覚悟を決めたのか」

そう言って鋭い眼差《まなざ》しを見せたレイリーに、ティルの鼓動がバクンと跳ねた。

驚いた。この人は、本当に事情のすべてを知っているようだ。

「レイリー、彼女はアルバート・アドラーの孫にして後継者です。この城の呪いを解くために来てくれました」

レイリーは、そうか、と口角を上げる。

「……かつての偉大な、いや、偉大すぎる魔導士の後継者を得て、戦う決意ができたわけだ。なるほど、彼女が男装をしていたのはそのためか。今の世の中、魔力のある女性はそれを知られたら危険だものな」

瞬時に事情を理解する彼に、ティルは、すごい、と息を呑む。

けれど、ノアが言っていたように、ラインハルト城で会った時の彼と、印象が少し違う気がする。

何より、祖父を過大評価しすぎではないだろうか？

「それなのに、舞踏会で彼女を婚約者だと紹介するなんて、少し軽率じゃないか？」

そう問われて、ノアはばつが悪そうに目をそらした。

「その時は、僕も彼女が女性だとは知らなかったんですよ」

テンポよく会話を交わす二人に、ティルは少し圧倒されつつ、そっと口を開く。

「あの……レイリーさんって、すごく頭の回転が速い方なんですね？」

「ええ。レイリーはこう見えて、数学者なんです。結婚せずに学問の道を極めたいと本気で言っていて」

だからノアと噂になるのは、レイリー自身にも好都合だったのか。

「まあ、それはさておき、ノアが戦う気持ちになってくれて俺も嬉しいよ。ぜひ、手伝わせてくれ」

「手伝う？」

「俺は、バランド家の城主自身……君が奮起してくれる日をずっと待っていたんだ。ぜひ、深紅の城の呪いを解く手伝いをさせてほしい」

「……何を言ってるんです。関係ない者を危険な目に遭わせるわけにはいきません」

と、ノアは、突っ撥《ぱ》ねるように横を向いた。

「そうつれないことを言うな。実は、不謹慎だけどワクワクしてるんだ。なんせ決して公にはならないだろうが、歴史的な出来事に立ち会えるチャンスだろう。こんな好機めったにないんだから。それに、俺の知識が少なからず役に立つこともあると思うけど？」

レイリーが胸を張るも、ノアはそれでも賛成しかねるように眉《まゆ》をひそめていた。

ノアが、大事な友人を自分の家の問題に巻き込みたくない気持ちは分かる。

けれど……。

ティルは意を決して、あの、と口を開いた。

「僕としては、レイリーさんに手伝ってもらえたら心強いです」

そう、直感がささやいている。この城の呪いを解くには、彼が必要だと……。

「ティル」

ノアが戸惑いの顔を見せる横で、レイリーが「おっ」と笑みを浮かべた。

「魔導士殿の許可が下りたな。というわけで心置きなく手伝わせてもらうよ。あっ、俺のことは『レイリー』でいいよ」

そう言ったあと、

「それはともかく、とりあえず腹ペコなんだ。夕食をご馳走《ちそう》してくれよ」

と、情けない顔でお腹に手を当てた。

第六章　決戦の夜

1

レイリーを迎えた夕食はいつにも増して、素晴らしいご馳走がズラリと並んでいた。

「バランド城の食事は、相変わらず美味《うま》いな」

レイリーは、もりもり食事を摂《と》りながら嬉しそうに言い、ノアは少し不思議そうな眼差しを注いでいる。

「……レイリーがそんな風に食べるなんて珍しい。本当に随分、お腹が空《す》いていたんですね？」

「ああ、まぁね」

メイドたちは、レイリーとティルをチラチラと見比べては、

「良かった、てっきり修羅場になるのかと」

「ううん、あれは冷戦状態かもしれなくてよ」

とコソコソと噂話をしている。

「それにしても、ハンス様は、西の離れに籠《こも》ってどうされたのかしらね」

「きっと絵を描いてらっしゃるのよ。芸術家ですもの」

そんな言葉も耳に届き、ティルは苦しくなって目を伏せた。

「……兄さん、一人で何を考えているんだろう」

と、小声で洩《も》らす。

あの楽天的な兄が失恋のショックで部屋に籠ってしまうというのは、ティルにとっても驚きだった。

部屋まで行って声をかけてみたのだが、

『今は、心の整理をしているところだから、そっとしておいてほしい』

と言うだけで、部屋に入れてもらえなかった。

アンナが言うには、ハンスはどうやら絵を描いているようだとのことだった。

自分の内側に溜《た》め込んだものを絵に描いて、昇華してるのだろうか？

ティルが、ハァ、と息をついて芳醇《ほうじゅん》な葡萄汁《ぶどう》を口にしていると、セルジュがやってきて、一度メイドたちを下がらせた後、口を開いた。

「ノア様、アンドレ男爵夫人の許《もと》へお詫《わ》びの品を届けまして、品は受け取っていただけたのですが、『こんなものでは、傷付いた私たちの心は癒《いや》されません。こちらにも考えがございます』と仰《おっしゃ》っていまして……」

その言葉に、ティルの鼓動が跳ねる。

レイリーは、うん？　と小首を傾げた。

「何かあったのか？」

ノアは、吐き捨てるように言う。

「その家の娘が、勝手に十二時以降に部屋を出ましてね。魔女に喰《く》われそうになったのです」

うわぁ、とレイリーは顔をしかめる。

「でも、どうして、客人が部屋を出られたんだ？　鍵《かぎ》は？」

「事情を知らない新人メイドを買収したらしいです」

「なるほど、それは自業自得というところだけれど、しかしよく無事だったな」

ノアは、本当に、と洩らして、ティルに視線を移す。

「ティルが救い出しました」

「へえ、さすが、アルバート・アドラーの孫だな」

感心の息をつくレイリーに、ティルは慌てて首を振った。

「いえ、かろうじて救いだすことくらいしかできなくて」

「いや、大したものでしたよ」

そう話すティルとノアを見ながら、セルジュが話を続ける。

「ですが、ノア様、厄介なことになる可能性もございます。何か要求してこられるやもしれません」

「先に誓約を破ったのは先方です。放っておきましょう」

ノアは呆《あき》れたように言って、ワインを口に運ぶ。

うんうん、とレイリーも同意した。

「まあ、今集中すべきは魔女退治だからな。どちらにしろ、次の満月までには時間がある。それまでじっくり策を練ろう」

そう言ったレイリーに、ティルは少し驚いて顔を上げた。

『次の満月までには時間がある』とレイリーが言ったが、ティルもシャーロットと再び対峙《たいじ》するならば、満月の夜しかないと思っていたのだ。

「やっぱり、満月の夜がいいですよね」

もちろん、とレイリーはナプキンで口を拭《ぬぐ》う。

「満月は、魔物を活性化させるが、我々の力にもなる」

あの時、生贄《いけにえ》になりそうだった彼女を救い出せたのは、たまたま、乙女座に滞在していた新月の力を味方につけられたからだ。やはり戦うならば、満月の方が良いだろう。

「次は『始まり』を司る牡羊座の満月だし、新たな幕開けに相応しい」

　それにしても、ワインを手にニッと笑う。

　レイリーは、レイリーは随分、星が持つ力に詳しいようだ。

「それまでにできることをしておかないといけませんね」

　静かにそう告げたノアに、皆はうなずく。

　ティルも相槌《あいづち》をうちながら、自分に何ができるだろう、と思いを巡らせた。

　祖父の本に何か役立つことが、書かれていなかっただろうか……？

　そういえば、悪魔と戦うには、どんな人間とどんな契約を結んでいるかを知る必要があると書いてあった。

　そうだ、とティルは洩らした。

「シャーロット様には、悪魔との契約書があるはずですよね？」

　その言葉を受けて、セルジュは思い出したように、そうです、と手を打った。

「たしかに、アルバート様は『契約書さえ見付けることができたら』と仰っていました」

「契約書？」

　と問うたノアに、ティルが答える。

「シャーロット様は、悪魔と契約をして力を得たわけで、その時に交わした契約書があるはずなんです。それを破棄することができたら……」

「万事解決ってわけだよね」

と、レイリーが頭の後ろで手を組む。

ただ、とセルジュが残念そうに眉《まゆ》を下げた。

「半世紀前も、契約書を探したのですが、見付からなかったんですよ。おそらく、シャーロット様がしっかりと隠し持っておられるのではと」

その言葉に、ノアは「なるほど」とうなずいた。

「かつて、ラインハルト伯爵が悪魔に体を乗っ取られた時には、破棄することができたわけだ」

そうみたいだね、とレイリーが答える。

「ラインハルト伯爵の場合は、彼の母親が勝手に契約してしまったもので、本人の意思ではなかったから、アルバート・アドラーは内側に閉じ込められた伯爵に呼びかけて、契約書のありかを聞き出すことに成功した……って話みたいだよ」

「つまり、内側に押し込められていたラインハルト伯爵と力を合わせて悪魔を撃退したというわけですね」

ノアはそう言うと、うーん、と眉根《まゆね》を寄せた。

「残念ですがシャーロットには、それを望めそうにないですね」

だね、とレイリーが肩をすくめる。

「彼女自身が魔女になることを望んだわけだし」

二人の会話を聞きながら、それまで黙っていたティルが、でも、と口を開いた。

「できないなんて決めつけるのは、やめましょう。僕らが今こうしているのは、偶然じゃなく、天の導きだと思うし」

以前ノアに、祖父が自分たちを差し向けたのだと聞いた時は、信じられなかった。単に後世の者たちに丸投げしたのだろうと思ったのだ。

けれど、今になってみれば、本当に祖父の計らいだったのではないか、と思い始めている。

「悪魔を封じ込めた祖父は、半世紀後のことを孫の僕たちに託した。そうして、本当に今、僕はここにいる。その奇跡を信じたいです」

ティルの言葉には力があり、皆の目にも力が宿る。

「満月まで、約二週間。準備を整えましょう」

皆は、ああ、と声を上げて、微笑み合った。

2

翌日から、シャーロットとの決戦に向けて本格的な準備が始まった。

「魔術的な力には『星』の性質が密接に関係していると言われているんだ」

書庫で分厚い本を手にそう話すレイリーに、星の力？　とノアは訊《き》き返す。

そう、とレイリーはうなずき、ティルの方を見た。

「ティルは、アルバート・アドラーの後継者なら分かるよね？」

はい、とティルが答える。

「僕も祖父から教わりました。星とは、太陽、月、火星、水星、木星、金星、土星の七つ。たとえば『金星』は、美と愛の女神『ヴィーナス』の力。そして、『火星』は血と争いの神『マルス』など」

そう、とレイリーがうなずいた。

「深紅の瞳《ひとみ》となったシャーロットの力は、まさにマルス。ティル、その属性は？」

「えっと、『火』です」

突然、問題を投げかけられてティルが慌てて答えると、レイリーは再び質問を続ける。

「正解。『火』に対抗するには、『水』の力が必要だけど、さっき言った七つの星の中で、水の力を持つ星は？」

「――月です」

『水』の力を持つ星は、月。

そうか、とノアは納得の表情を見せる。

「だから、満月が好ましいんですね」

そういうこと、とレイリーはうなずく。

「まあ、次の満月は、牡羊座……火の星座だから、月が持つ水の力が全開ってわけじゃないんだけどね。本当は水の性質を持つ蟹座《かにざ》の満月に戦うのが一番なんだけど、そうなると、三ヵ月も先だ。結界が危うい」

ティルは驚きながら、レイリーを見た。

「この前も思ったんですが、レイリーさんは、数学だけではなく星のことにもお詳しいんですね」

「あー、うん。なんでも、興味を持ったら一通り知りたい質《たち》というかね、まぁ」

と、レイリーはあしらうように答えて、手を打つ。

「水の力を持つ星座は、蟹座の他には、蠍座《さそりざ》、魚座。これらの星の恩恵も受けられるような、結界を城の周りに張るのがいいんじゃないかな」

「僕、思ったんですけど、六芒《ろくぼう》星の中に、五芒星を入れて、さらにその中に、水の星座の紋様を入れた石を置くというのはどうかなって」

「うん、それはいいね」

そう話すレイリーとティルを前に、退魔に参加する侍従たちは、おお、と声を上げる。

「なんだか、頼もしいですね」

「なんとかなる気がしてきた」

と、嬉《うれ》しそうに話している。

「僕がシャーロット様と対峙した時に、ゾロゾロと黒い影を引き連れていたんですが、あれはやっぱり悪霊なんでしょうか？」

そう尋ねたティルに、レイリーは強くうなずいた。

「悪霊というか、使い魔かな」

「使い魔？」

「魔女となったシャーロットが従えている低級魔族だとも考えられる。低級と言っても悪魔だ。魔導士でもなんでもない俺等が戦えるような相手じゃないけどね。今は、君という魔導士がいるから」

そう言って試すような眼差《まなざ》しを向けるレイリーに、ティルは居住まいを正した。

「が、がんばるよ」

するとノアが優しく肩に手を乗せた。

「もちろん、ティル一人に頼る気なんてないですよ。何より、君のことは僕が護《まも》ります」

そう告げるノアに、ティルは胸を熱くしながらうなずいた。

「それじゃあ、セルジュさんは城の周りに結界を張る指揮を執ってもらえますか。僕たちは城内を担当しますので」

そう言って結界を張る場所を記した城外の地図を手渡したティルに、セルジュ率いる使用人たちは「はい」と頭を下げて、書庫を出て行った。


決戦に向けて密《ひそ》かに準備を続けている最中も、毎夜十二時には東塔の扉が開かれ、魔女のパレードは続けられているようだった。

回廊を練り歩き、城に迷い込んだ小動物を貪《むさぼ》る。

翌朝、餌食となったウサギやタヌキの死骸《しがい》が転がっていることも少なくなかった。

「魔女たちも力を蓄えているようだ……」

その日の準備を終えたティルは満ちつつある月を眺め、緊張から拳《こぶし》を握り締めた。

「大丈夫です。僕たちもできることをきちんと準備しているでしょう？」

ノアはそう言って、優しく微笑む。

「……ノア様」

「いよいよ決戦ですね」

月を仰ぎながらそう告げたノアに、ティルはコクリとうなずいた。

明日《あした》、あの月は真円を描く。そう、決戦の時だ。


そして訪れた、決戦の満月の夜。

皆は早めに夕食を摂《と》り、太陽の光を込めた聖水で身を清めた。

今宵のために城の周りには結界が巡らされ、月明かりが差し込むホールの中心には巨大な魔法陣が描かれている。

深夜十一時半。

シャンデリアの下、ティルを筆頭に戦う意志を持つノアにレイリー、セルジュにアンナ、そして城の事情を知る使用人たちが集まった。

皆は、決戦に向けて揺るぎない眼差しを見せている。

そんな彼らを前にティルは胸を熱くしながら、しっかりと見詰め返した。

「皆さん、集まってくれてありがとうございます。この中で弓の扱いに長《た》けた方はいらっしゃいますか？」

ティルの問いかけに、数人の侍従が手を挙げる。

「ありがとうございます。どうぞこちらを……」

と、ティルは、ノアに用意してもらっていた銀の弓矢を彼らに手渡した。

「これは魔物も射ぬく銀の弓矢です。この魔法陣の中から決して出ないようにして、魔女や使い魔たちを射貫《いぬ》いてください」

侍従たちは頬を紅潮させて、強くうなずく。

そして、とティルは他の者に視線を向けた。

「せっかく集まっていただいたのに言い難いのですが、他の方は部屋に戻ってください」

その言葉に、部屋に下がるよう言われた侍従たちは、戸惑ったように顔を見合わせる。

そうですね、とノアは同意して、皆を見据えた。

「今宵の決戦は、危険すぎます」

そんな、と皆は前のめりになった。

「帰ってもらう代わりに、君たちには別の役割をお願いしたいのです。もし僕たちの死体が転がっていたら、その時はどうか、手筈《てはず》通りにお願いします」

そう告げたノアに、皆は苦々しい表情で目を伏せる。

「俺は残るよ、ノア。弓を扱えなくても知識の方で役に立つ自信はある」

と手を挙げたレイリーに続き、セルジュもうなずいた。

「わたくしも残ります。前の戦いを見ていますから、何かお役に立てるかもしれません」

「もちろん、わたくしも」

続いて申し出たメイド頭のアンナに、ノアは首を横に振った。

「アンナ、君が並みの侍従よりも強いのは分かっていますが、もし我々が全滅した場合、残された者が混乱するでしょう。君には事後処理の指揮をお願いしたく思います。どうか、今夜は部屋で待機してほしい」

「……分かりました。それでは、我々は部屋に下がって、皆様のご無事をお祈りすることにしましょう」

アンナの言葉に、使用人たちは真剣な面持ちでうなずき、部屋へと下がって行った。

ホールに残ったティル、ノア、レイリー、セルジュ、銀の弓矢を持つ侍従たち数人は互いにしっかりと顔を見交わして、魔法陣の中に入った。

配置は、ティルとノア、レイリーを中心に、周囲をセルジュと弓を持った侍従たちが守るように取り囲んでいる。

大きな柱時計がコチコチと針を進めていく。

やがて、カチリ、という音がし、ボーンボーンと十二時を告げる音が鳴り響いた。

ギイイイという軋《きし》むような音がホールにも響く。

そう、東塔の扉が開かれる音だ。

「いいですか、決してこの魔法陣から出ないように」

ティルは、心臓がバクバクするのを感じながらも、強い口調で言う。

ホールにつながる通路の向こうから、赤い明かりがどんどん近付いてくる。

カシャーン、カシャーン、という金属音。

鎖のようなものをズルズルと引きずる音も聞こえる。

たちまち、墓地のようなヒヤリとした空気がホールを包み、血のような鉄錆《さび》のような臭いが立ち込める。

通路に灯《とも》された燭台《しょくだい》の明かりが、不自然に大きくなっては消えていく。

先頭を歩くのはランタンを手にし、背中を丸めた黒装束のガイコツだ。その後に、人の体に狼の頭を持つ使い魔たちが続いている。

その後方に深紅の瞳《ひとみ》のシャーロットの姿があった。

――やっぱり怖い。

近付いてくる魔女の一行にティルが震える気持ちでいると、ノアが手を握ってきた。

「大丈夫、何があっても君を犠牲にするようなことはしない」

ティルがノアを見ると、握った手にギュッと力を込めてから、そっと離した。

ティルは気持ちが強くなる気がして、前を向く。

カシャーン、と響く金属音は使い魔たちが手にしている鉄の杖《つえ》だ。

ホールに足を踏み入れ、魔法陣の中で待機するティルたち一同を前にして、シャーロットは不愉快そうに顔を歪《ゆが》ませた。

『これはこれは、再びあいまみえることができたな、憎きアルバート、そしてその孫よ』

その声は、シャーロットの口から出ながらも、脳に直接語りかけてくるようだ。

「ええ、僕は祖父のやり残した仕事を片付けに……決着をつけに来ました」

しっかりと杖を握って、彼女を見据えた。

『これは面白い。人間風情が我らに敵《かな》うとでも？　生前のアルバート・アドラーですら、わらわを一時的に封じるのが精一杯だった。わらわにかけた呪いもやがては効力をなくすであろう。そうしたならばわらわは自由の身となり、この世のすべてを手に入れて見せようぞ。なあ、おまえたち』

シャーロットは、そう言って黒い狼の顎《あご》を撫《な》でた。

彼女の悲しい過去は、知っている。

今宵シャーロットを滅するのは、怒りや憎しみに囚《とら》われた彼女を救うことにもつながる。

「そうはさせない！」

と、ティルが手をかざした瞬間、それを合図に弓矢隊が構えた。

銀の矢が使い魔達に向けて放たれ、ギャインという声が響く。

魔物が血をふき出して床に転がり、煙となって消える様子に、

「や、やった。本当にこの矢で射ぬけたぞ」

と使用人たちが歓喜の声を上げた。

「我が名はティル・アドラー！　闇夜を照らす聖なる牡羊座満月《アリエス》の光よ、魔を切り裂く剣となれ」

ティルはそう叫んで、杖を振り下ろす。

月の光が集まり、鋭い剣となってシャーロットへ向かって飛んで行った。が、彼女の目前で、その剣は蒸発したかのように消え失《う》せた。

えっ、とティルは目を瞬《また》かせる。

次の瞬間、シャーロットの目が燃えるように光り、ガキンッという何かが切れるような金属音が響くと同時に、ガラガラガラと頭上のシャンデリアが一気に落下して来た。

「みんな、危ない！」

「ティル！」

ノアがティルの体を抱えて横にそれた瞬間、ガシャーンと耳をつんざくような大き

な音が響き、魔法陣の中央にシャンデリアが落ちて粉砕した。

すんでのところで、なんとか避《よ》けられたものの、それでも飛び散った破片により負傷した使用人たちの姿も見える。

何より、ほとんどの者が魔法陣から出てしまっていた。

「信じられない……」

この陣の上にシャンデリアを落とされるなんて思いもしなかった。

『このシャンデリアはわらわのお気に入りだったが仕方あるまい。封印が解けた暁には、もっといいものをつけることにしよう』

シャーロットは、にぃ、と口角を上げると、片手を前に出した。

『さあ、獲物が檻《おり》から出たぞ。好きなだけ喰《く》らうがいい、おまえたち』

狼頭の使い魔たちが「グガァ」と獣へと姿を変えて、侍従たちに襲いかかる。

「体勢を立て直して、早く弓を！」

ノアはそう声を上げつつ、すぐさま落ちていた弓を手に銀の矢を放った。

ギャイン、と一頭の獣は悲痛な声を上げて煙となるも、他の獣たちは即座に、負傷して動けない侍従目掛けて喰らいついていく。

「ぎゃあああ」

使用人の肩に噛《か》みつく獣に向かって、ティルはすかさず杖を向けた。

「杖よ、月の光を矢に変え、獣を撃ち抜かん」

その瞬間、獣はバンッと吹っ飛んだものの、煙となって消えることはなく、

「ティル、端でもいいから魔法陣の中に！　陣の中じゃないとほとんど力は出ない」

と、レイリーが声を上げた。

はい！　と使用人たちが答え、ノアがすぐに続けた。

「みんなも急いで陣の中に戻るんだ！　負傷してない者はシャンデリアを陣からどかして場所を作れ。落ちた弓矢も確保するんだ」

パニックになっていた皆はハッとして魔法陣の中に戻ろうと急いだ。

『陣の中は安全か。だが、陣から出すことは不可能ではない』

シャーロットはそう言うと、大きく腕を振った。

今度は窓ガラスが割れて激しい突風が襲ってくる。体が吹っ飛びそうになり、皆は床に伏せて必死で堪《こら》えた。

「すごい、こんなことまでできるなんて……」

『どうだ、アルバートの孫よ』

シャーロットは高らかに笑う。

どうしよう、月の光の力がまったく効かなかった。

ティルは唇を噛み、風に飛ばされないよう床に両手をつく。

レイリーが、ティル、と声を張り上げる。

「思い出せ。大魔導士アルバート・アドラーから教わったことがあるだろう！」

ティルは、はっ、と目を見開く。

『何をしても無駄だ。立っていられない中では、杖を振ることもできぬだろう』

ふん、と鼻で嗤《わら》うシャーロットに、ティルは口角を上げた。

「別に杖を振るだけが魔法じゃない」

『ほう？』

ティルは、杖を床に置き、魔法陣の上に手を乗せた。

そう、この陣は、シャーロットと対峙《たいじ》するために描いた特別なもの。

星の性質を思い出すんだ。

火星の力を放つシャーロットに対抗するには、水――月の力が有効と言われている。

しかし、今宵は、火を司る牡羊座の満月。月が持つ水の力が全開ではない。

シャーロットという大きな火の魔女を前に、少量の水をかけている状態にすぎないのだろう。

かつて、祖父から聞いたことがある。

肉眼では見えない宇宙のはるか向《つかさど》こうに、強い力を持つ星があるという。

その力とは『破壊と再生』を司る、冥王《めいおう》ハデスの力。

この城の悪しきものを破壊して再生する。

この冥王の力を呼び出すことが、シャーロットを滅するための最大の武器になるはずだ。

満月の力を味方に、冥王の力を発動させる。

それには、長い詠唱を必要とする。

――どうか、みんなあともう少し堪えて。

吹き飛ばされそうな強風の中、ティルは手に力を込めた。

「我が身に宿りし、光の欠片《かけら》、其《そ》れは我が唯一の命の煌《きらめ》きなり。森羅万象、幾億の命、幾億の運命、幾億に広がるは無限の宇宙。すべてを統べる鍵《かぎ》にして、扉を開く者、そこに在るは光にして闇なり。大地を照らすは太陽、闇夜を灯《とも》すは月……」

詠唱する中、シャーロットは高らかに笑い、その笑い声に反応するように、ホールの窓ガラスがさらに割れていく。破片がティルの頬を切り、血が飛び散る。

「……だ、大地を耕し、土を生み出すは紅蓮《ぐれん》の炎、命を育むは聖なる水、天にとどろくは雷。命の産みの親にして、生ける者の母、其れは慈愛に満ちたる穢《けが》れなき優しさに満ちる光の海。海底に響き、奏でる優しき音色、黄金の鈴を鳴らせ、大いなる蒼《あお》き空、全てを覆いて、竪琴《たてごと》を奏でん。時は止まらない、止めることを許さない、過ぎ行くは光の矢」

さらに強くなる風に吹き飛ばされて、陣から出た使用人に獣が喰らいつく。

「ぎゃあああ」

とティルの背後で、悲痛な声が響いている。

陣の中の弓矢隊が、なんとかその矢を放って獣たちに応戦していた。

「ティ、ティィル様、早く呪文を」

そんな声と「ティルの邪魔をしないように」というノアの声も耳に届き、焦りから冷たい汗が額に滲《にじ》む。

「む、無限に続く終わりなき螺旋《らせん》階段、永久に続く光を遮る深淵《しんえん》の闇。時に束縛され、硝子《ガラス》の檻《おり》に閉ざされる砂、其れは終えては還《かえ》る迷宮に在る。真実の道は一つにして、二つは在らず、行き着くはただ一つの扉。其れは全ての生まれる場所にして、還る場所。汝《なんじ》は許されなき存在、滅びの歌を紡がん。この城にもたらす悪しきものを破壊せん。ここに……ここに開け、冥王ハデスの力！」

そう告げた瞬間、魔法陣がドンッと音を立てて眩《まぶ》しい光を放った。

シャーロットが起こした風を跳ね返し、頭上に黒く巨大な人形《ひとがた》の影が浮かび上がる。

その影に使い魔たちは体をビクッとさせ、シャーロットは眉《まゆ》をひそめた。

「すごい、こんなものが……」

負傷した侍従たちは体を引きずるようにして陣の中に戻り、浮かび上がる黒い影を見上げた。

「冥王を象徴する色は『黒』。シャーロットが放つ『赤』すら飲み込むだろう」

レイリーはそう言ってニッと笑い、飛んできたガラス片で傷ついた頬を拭《ぬぐ》った。

ティルはゆっくりと立ち上がり、しっかりとシャーロットを見据えた。

「行け、冥王ハデスの影よ、火の魔女を滅さん」

そう言って手をかざすと同時に、黒い影は低い唸《うな》り声を上げてシャーロットに襲いかかった。

その瞬間、シャーロットは手を前に突き出して、抵抗する。

『血の聖霊よ、わらわを守れ』

「城外の囲む結界よ、月光を以《もっ》て、冥王に力を与えよ！」

とティルが杖《つえ》を振りかざすと、城を囲むように描かれた五芒《ごぼう》星が激しく光り、月の光を吸収した。

冥王ハデスの影はさらに膨れ上がり、シャーロットに激突した。

その瞬間、ドォンと激しい衝突音が響き、城が激しく揺れた。

天井や壁がバラバラと剥《は》がれ落ちて、真っ白な煙がホールを包んだ。

「もしかして……」

と、息を呑《の》むノアに、ティルはゆっくりと体を起こした。

体が鉛のように重い。力を使い果たしたようだ。

ティルがそっと足元に目を向けると、床の魔法陣が跡形もなく消えていた。

「う、嘘、消えてる」

「陣も力を使い果たしたんだろうな」

そう告げたレイリーに、ティルは息を呑んで恐る恐る周囲を見回す。

使い魔たちが床に転がっている姿が見えた。彼らは息絶えると同時に、煙となって消えていく。

「や、やった」

「やっつけたんだ」

歓喜の声を上げる侍従たち。

それでも、ティルはまだ緊張していた。目をそらさず、煙に包まれている『シャーロットが立っていた場所』を凝視する。

やがて煙が消えていき、シャーロットの姿がないことに、皆は顔を見合わせて「わっ」と声を上げた。

「さすが、ティルです」

「ううん、レイリーの知恵のお陰で……」

と、ノアとティルが手を取り合って喜んでいると、

「待って」

レイリーが顔を強張《こわば》らせて言う。

次の瞬間、

『なにを喜んでいる？』

地の底から聞こえて来るような声を感じながら顔を向ける。地の底から聞こえて来るような声が響き、皆は動きを止めた。

ティルは冷たい汗が噴き出すのを感じながら顔を向ける。

そこには、冥王ハデスの力との衝突によってドレスがボロボロになりながらも不敵な笑みを浮かべているシャーロットの姿があった。

「ど、どうして？」

あれほどの力とぶつかりながら、ほとんど無傷なんて。

戸惑うティルに、シャーロットはくっくと笑って血に汚れた掌《てのひら》を見せた。

『ハデスの影がぶつかる瞬間、そなたの流した血をこの掌中に集めた。血とはいえ、契約者の一部であるものを傷つけることはできないであろう。そなたの血にわらわは守られた、礼をせねばならんな。わらわの可愛いペットたちは消されてしまったが、そんなものはまた呼び寄せればよいこと。振り出しに戻ったな、アルバートの孫よ』

そう言って鋭い眼光を見せたシャーロットに、皆は絶句した。

「……さすが、長く生きた魔女」

レイリーはチッと舌打ちし、セルジュは絶望を感じた表情で額に手を当てる。

『そなたたちを護《まも》る陣も、力を使い果たし消え失《う》せたな』

一歩前に出るシャーロットから、ビリビリとした威圧感が伝わってくる。

『まずは魔導士を喰《く》らおうか。ティル、そなたを喰らえば、封印を解く力も得られるかもしれん』

シャーロットが手を伸ばしたその時、

「やめろ！」

ティルの前にノアが立ち塞《ふさ》がった。

『これはこれは、バランド伯爵。そなたはやはり、あの男によく似ていて美しい。またそなたの子を産みたいものだ。今度はそなたをおかしくして契りを交わそうか』

シャーロットは愉《たの》しげに嗤《わら》う。

ノアは無言で胸ポケットから銀のナイフを取り出した。

『そんなものでわらわを倒そうと？』

嘲笑《あざわら》うようにカッと目を見開いたシャーロットだったが、ノアはスッと自分の首筋にナイフを当てた。

「ノア様？」

「僕は、バランド家の正統な血を継ぐ最後の人間。そなたは、バランド家の血が続く限り存在できるという。すなわちバランド家の血が絶たれれば、お前は終わり。契約は終了して、お前は消滅する」

ナイフを当てた首筋から血が滲《にじ》み、タラリと流れるのを見て、シャーロットは舌打ちした。

「だ、駄目です、ノア様。共に戦うって言ったのに」

ティルが慌ててその手をつかむも、ノアは強くそれを制する。

「もう打つ手がありません。このままでは全滅します。こうするしかない。いや、もっと早くにこうすれば良かったんです」

ティルは、嫌だ、とノアにしがみつく。

ノアはそんなティルの肩を抱き、頭を撫《な》でながらシャーロットを見た。

「シャーロット、我が先祖は幼いあなたを幽閉して飼い殺しにしたあげく、裏切った。その非礼を心から詫《わ》びよう。僕の命を渡して」

シャーロットは顔を歪《ゆが》ませて、ノアを見据えた。

『詫び……だと、わらわがそんなものを望んでいるとでも……』

シャーロットが体を震わせながら洩《も》らしたその時、

「シャーロット！」

とホールに男の声が響いた。

一体、誰が？　と皆は一斉に声の方向に顔を向ける。

「に、兄さん？」

そこには、羊皮紙の束を抱えたハンスの姿があった。

「……ハンス様」

セルジュをはじめ皆が呆然《ぼうぜん》とする中、ハンスは揺るぎない瞳《ひとみ》でホールの中央に進み出た。

「兄さん、今まで一体何を……それにその紙は？」

ティルの言葉を無視して、ハンスは迷いもせずにシャーロットの前に立つ。

『これはこれは、もう一人のアルバートの孫よ。それは何かの魔法陣か？　そなたはどんな手品を見せてくれるというのだ？』

馬鹿にするような目を見せたシャーロットに、ハンスは手にしていた羊皮紙をすべて床に落とし、そのまま彼女を強く抱き締めた。

「ずっと考えていたんだ。そして決めた」

『自爆でもしようというのか、そんなものはわらわに効かぬが？』

シャーロットは抱き着かれたまま、くっくと笑う。

「シャーロット、俺と結婚しよう！」

ハンスは、城中に響くのではないかと思う声で、そう叫んだ。

えっ、と皆が、訊《き》き返す。ホールに舞い散る羊皮紙に描かれていたのは、美しく愛らしいシャーロットの肖像画だった。

ハンスの腕の中で、シャーロットは眉《まゆ》を寄せた。

『……それはなんの作戦だ？　わらわが何者か、分かっているのだろう？』

そう言うシャーロットに、ハンスは抱き締めた腕に力を込めた。

「俺だって悩んだ。でも、君が魔女だとか、今まで何をして来たとか、もうそんなのは今の俺にはどうだっていい。理屈じゃないんだ、俺は君が好きなんだ。シャーロット、俺と結婚してくれ。そして東塔で一緒に暮らそう！」

手をしっかり取って、まっすぐにそう告げたハンスに、シャーロットは目を見開いた。

『そなたは……なにを……どこまで馬鹿なのだ？　たった一度、言葉を交わしただけ。それにあれは、そなたを利用しようとしただけのこと』

分かってる、とハンスは抱き締めた腕に力を込める。

「でもいいんだ。君は努力し続けることも才能だと言ってくれた。俺が一番欲しかった言葉をくれた。涙が出るくらい嬉《うれ》しかったんだ。それだけで愛してしまったんだよ」

『……考えられないほどの馬鹿な男だな』

「シャーロット、愛してる」

『言うな、大嫌いな言葉だ！　わらわは……わらわは、誰にも愛されず必要とされなかったというのに……』

そう叫びながらシャーロットの深紅の瞳が、優しいブラウンへと変わっていく。

そう、かつて八つでこの城に来たシャーロットを、バランド伯爵は面倒くさそうに見下ろして、『とりあえず城の上に部屋を作って入れておけ』と告げた。

『なんですの、その生意気な目は！』

日々繰り返される、姑《しゅうとめ》となる伯爵の母からのいびり。

『ねえ、伯爵、早くベッドに運んでくださらない？』

たまに部屋を抜け出した時に目にする、夫となるはずの男と彼が連れ込んだ女との淫《みだ》らな行為。

『なにを見てるんだ！　部屋を抜け出すなと言っただろう！』

バランド伯爵からは、顔を見るたびに不機嫌に怒鳴られた。

それでも、大人になったら、きっと愛してもらえると信じてきた。なのに――。

『なんですって、お父様とお母様が殺されたと？』

『ええ、お茶会に向かわれる途中、賊に襲われたとのことでして』

『なんてこと、信じられません。そんなの財産を狙う輩《やから》の仕業に違いないわ』

『……そうかもしれません。お父様——子爵の弟君が強引に爵位を継いだそうで』

『それじゃあ……わらわはどうなるのです？』

『そ、それは……』

と、目をそらしたメイドたち。

『なんてことだ。あの娘になんの価値もなくなってしまったじゃないか。ここで追い出すのも外聞が悪いし、養女ということにするが、死ぬまで塔の上に閉じ込めておけ』

そうバランド伯爵は告げた。

すべての希望が断たれた瞬間、心がバラバラに砕け散った。

血の涙を流しながら、シャーロットは心をすべて失くしてしまったというのに——。

あの時に、シャーロットは床一杯に描いた悪魔を呼ぶ召喚陣。

この恐ろしいほど馬鹿な男が、砕けた心を呼び覚ます。

「もう、復讐《ふくしゅう》なんてやめよう。一緒に行こう。俺と楽しく暮らそう」

『……ハンス』

シャーロットは小刻みに震えながら顔を上げて、ははっ、と笑う。

次の瞬間パァンと弾《はじ》けるような音が響き、シャーロットの胸の中心から現われた羊皮紙が細切れに弾け飛んだ。

激しい衝撃波が起こり、ハンスはのけぞり、すぐ背後にいたレイリーや侍従たちが床に倒れる。

「今のは、もしや契約書！」

そう声を上げたセルジュに、ティルは「えっ？」と目を見開いた。

シャーロットは、ハアハアと苦しげに荒い息を吐き、床に蹲《うずくま》った。

「シャーロット！」

ハンスがすぐに、その体に触れようとすると、

『見るな！』

と、シャーロットは声を上げた。

『見ないでくれ、わらわは今から取ってこなかった歳を……取るのだから……。そなたには、そなたにだけは見られとうない』

そう言ううちに、その顔はみるみる皺《しわ》枯れ、髪が長くなっては抜け落ち、肉が垂れるように剝《は》がれ落ちていく。

『わらわは一体何を……やっているのか……。もうすぐ封印から自由になれたというのに……』

シャーロットは絞り出すようにそう洩らしながら、自嘲《じちょう》気味に笑みを浮かべた。

ああ、でも……もういいのだ。

ハンス、もう少し早くそなたと出会いたかった。

きっとそなたとなら楽しく過ごせたに違いない。

もしかしたら、長い長いこの年月、その言葉だけをずっとずっと待っていたのかもしれない。

『愛している』

という、嘘偽りのない言葉——。

呆《あき》れるほど、笑ってしまうほど馬鹿な男だ……。

それでも、浮かぶのはこの言葉。


ありがとう。


そんなシャーロットの想いがホールを包み込み、やがてその体は砂となって風に散っていった。

「シャーロット……」

ハンスはその場に座り込み、砂となったシャーロットを呆然《ぼうぜん》と見下ろした。

シンとした静けさがホールを包む。

「ハンス様……」

と、セルジュが歩み寄り、そっとその肩に手を乗せた。

「……あなたはシャーロット様が心から欲していたものを与えられたのです。それはこの長い年月、誰にもできなかったこと。破壊と再生『冥王ハデス』の力では彼女を倒せなくても、美と愛の象徴『ヴィーナス』の金星の力が彼女を浄化したのでしょう」

そう告げたセルジュに、ノアも強くうなずいた。

「ティル、君の兄はすごい男ですね」

そう言ったノアに、ティルは複雑な心境でうなずく。

「ハンス様、素晴らしい」

「ハンス様、バンザイ！」

と、侍従たちが声を上げた。

そんな中、ハンスはシャーロットの亡骸《なきがら》の代わりに残った砂を胸に抱いている。

「……すげぇ悩んで考えて、やっと出た結論だったんだ。理屈じゃなく好きだって。人生をかけたプロポーズだったのに、その瞬間これはないだろ……」

ハンスは床に額をつけ、うあああ、と泣き崩れた。

「兄さん……」

ティルの目にも涙が浮かび、しゃがみこんでハンスの背に手を添えた。

つらかったね、兄さん。初めての恋だったんだ。真剣な想いだったんだ。

でもね、そんな兄さんの純粋で真っ直ぐな想いが、魔女となった少女を救ったんだよ。

ティルはそんな思いで、ハンスの背中を撫《な》でる。

ふわりと風が吹いて、ハンスの手の中の砂もサラサラと零《こぼ》れ落ち、消えて行った。

3

翌日、長い間閉ざされていた東塔への扉が開かれることとなった。

喜びに沸き立つ一同だったが、不可解なことがあった。

昨晩、シャーロットが浄化された後から、レイリーの姿が見えなくなったのだ。

「レイリーさん、どこにもいないですね。どうしたんだろう？」

ティルは、ノアがいる執務室に入り、小首を傾げる。

「レイリーは気まぐれなところがあるから、黙って帰ったのかもしれません。それより、君の兄は？」

心配そうに問うノアに、ティルは肩をすくめた。

「惚《ほう》けてフラフラと外を散歩してます。前みたいに部屋に籠《こも》ってるわけじゃないんですが」

そうですか、とノアは洩《も》らして、ティルの肩を優しく抱いた。

「かの大魔導士、アルバート・アドラーにも成し得なかった偉業をやってのけながらも、心は晴れませんか……」

「兄さんは計算で動いてたわけじゃないので、本気でシャーロット様を好きになって、彼女と結婚して東塔で暮らそうと思っていたはずだと思います」

「しかし、あらためてすごい方ですね。あの想いが本物だったからこそ、彼女が浄化されたのでしょう」

「……そうですね」

そう話しながら二人は、眩《まぶ》しい光が差し込むバルコニーへと移動した。

バルコニーからは、広い庭が見渡せる。

季節は初冬に差し掛かり、ほんの少し風の冷たさはあったが、日差しがぽかぽかと暖かく、頬が緩んだ。

「今日は暖かいですね。太陽がこんなに眩しくて綺麗《きれい》」

手すりに手を置いて心地よさそうに目を細めると、

「太陽よりも、君の髪の方が綺麗です」

と、短い髪に手を触れながらそう告げたノアに、ティルは頬を赤らめた。

「こんなに短くて……ドレスだって似合いやしないのに」

今、ティルは菜の花色のドレスを着ている。フリルのついたスカートを見下ろしながら、小さく息をつくと、ノアは、ふふっ、と笑った。

「髪なんてすぐ伸びますよ、ティアラ・ローズ」

「やだな、からかわないでください」

「からかってなんかないと、知ってるくせに」

と、ノアは、ティルの肩から手を離して、正面から向き合った。

「僕も、君の兄を見習って、正式に伝えたい」

「えっ？」

ノアはスッとその場に跪《ひざまず》いて、ティルの手を取ると、しっかりと顔を上げた。

「ティアラ・ローズ・アドラー。僕と結婚してください」

「ノア様……」

「悪魔を滅することができたとはいえ、ここはやはりいわくつきの恐ろしい城です。僕はバランド家の人間として生涯をかけてこの城に住み、犠牲になった人々を弔いたいと思っています。こんな自分が、誰かを娶《めと》りたいなど虫がいい話かもしれない。だが、ティアラ、君とこの先の人生を歩んでいきたい。結婚してもらえますか？」

ノアの強い眼差《まなざ》しを受けて、ティルは体を震わせた。

「ノア様、僕こそ、ただの一平民に過ぎませんし、何よりいつ裁判にかけられてもおかしくない危険な立場です。女で魔力を持つからには、いつ魔女と知られて処刑されてもおかしくないんです。こんな僕で……本当にいいんですか？」

「それは良かった」

「えっ？」

「いわくつきの城と伯爵に、いわくつきの夫人。ピッタリではないですか。君のことは僕が生涯をかけて護《まも》ります。もちろん、バランド家の恩人である君の兄も」

「ノア様！」

ティルが目に涙を浮かべた瞬間、ノアは立ち上がり、その体をしっかりと抱き締めて唇を合わせた。

目頭が熱くなる。女の子としての幸せなんて、ずっと諦《あきら》めていたのに……。

世間の目から真実を隠して生きてきた自分のすべてを受け止めてくれる王子様が現われるなんて。

ノアと口付けを交わしながら強くそう思っていると、バタバタと騒がしい足音が耳に届いて、

「大変です、ノア様、アンドレ男爵夫人が異端審問会の者たちを引き連れて、この城に！」

と、セルジュが血相を変えてバルコニーに飛び込んできた。

「えっ？」

ティルは、背筋が凍るのを感じながら城門に目を向ける。

華やかなドレスを纏《まと》ったアンドレ夫人と共に、黒い装束を身に纏った男たちが列をなして門を潜《くぐ》ってくる。

あれは、王の遣いである異端審問会の者たちだ。

「ここに魔女が潜んでいます。名前は、ティアラ・アドラー。ラインハルト伯爵の養女なんて真っ赤な嘘で、城下町を調べたところ男装をして人目をごまかして暮らしていたようですわ。きっと、バランド伯爵は魔女に惑わされているに違いありません」

そう叫ぶアンドレ夫人の声が、バルコニーまで響いてきた。

信じられない。まさかラインハルトの城下町のことまで調べたなんて。

ついに正体がバレてしまった。異端審問会に疑いをかけられたら、一巻の終わりだ。

無理やり自白するまで拷問を続けられて、自白した後は火刑となる。

……おしまいだ。

手すりに置いたティルの手がガタガタと震え、冷たい汗が滲《にじ》んだ。

「セルジュ、あのような者どもを我が城に一歩も入れないように！」

そう声を上げたノアに、セルジュはやりきれないように目をそらした。

「……どんな貴族であろうとも、異端審問会の訪問を断ることはできないのです」

その言葉にノアはチッと舌打ちし、

「ティル、こちらへ！」

と、ティルの手を引いて、部屋に戻った。

「ノア様？」

「いいですか、君はもう既にこの城を立ち去ったことにします。奴等《やつら》が引き上げるまでここに潜んでいてください」

と、今は使われていない暖炉に入るようティルの背中を押した。

「えっ、暖炉に？」

「ええ、ティル様。この暖炉の壁の向こうが開くようになっているんです。悪魔から身を潜めるために作られた空間でして」

セルジュはそう言って暖炉の壁をスライドするように引き上げた。

「ほ、本当だ、こんなところが開くなんて」

「狭いですが、君なら大丈夫でしょう」

ノアは、早口でそう言ってティルを暖炉の奥に隠し、

「セルジュ、ハンスは嘘が下手そうですから、一言も口をきかないようにと伝えてください。喋《しゃべ》れない画家ということにします。奴等にはなるべく早く引き下がってもらいますので」

はっ、とセルジュが答え、足早に部屋を出て行った。

4

「これはこれは、国王陛下の遣いの方々が、この城にどのようなご用件で」

メイド頭のアンナは、エントランスホールでアンドレ男爵夫人と異端審問会の者達を前にそつのない笑みを浮かべた。

「この城の魔女を捕まえにきたのよ。ティアラ・アドラーを今すぐ出しなさい」

不敵な笑みを浮かべて言うアンドレ夫人に続き、異端審問会のメンバーは胸元から書状を取り出した。

「私は異端審問会のリーダー、ドミニクと申します」

と、言ったのは、痩《や》せた男だ。髪も眉《まゆ》もなく、くぼんだ目だけが大きい。

ドミニクはぎょろりとした目をにこりと細めて、話を続けた。

「このたび異端の疑いがかかる人物、この城の舞踏会ではティアラ・アドラーと名乗っていた少女について、ラインハルト城下町ではティル・アドラーという名の美少年魔導士として退魔で名を馳《は》せ、姿絵まで出回っていたということだが、本当の性別は女の方であるという。連行して審判裁判を行う。今すぐ魔女を引き渡しなさい！」

ホールに響き渡るような声で告げたドミニクに、アンナは冷ややかな目を見せる。

「そのような者に心当たりは……」

アンナがそう言いかけたその時、

「その者はもうこの城にはおりません」

という声と共に、ノアが姿を現わした。

「これは、ノア・バランド伯爵」

異端審問会のメンバーは揃って頭を下げたあと、

「ここにはもういないと？」

と、ドミニクが確認するように鋭い眼光を見せた。

「ええ」

「では、どこへ行ったかお分かりか。あなたの婚約者だという話ですが」

端から疑ってかかる様子で告げたドミニクに、ノアはくっくと笑った。

「……婚約者ではないのですよ。僕は正直まだまだ結婚したくなかった。そこで報酬を払って舞踏会の間、婚約者の振りを頼んだまでのことです。その仕事が終わったので、その者は出て行きました」

「ほう？　まあ、色々な意味で噂の絶えないあなたが、急に婚約というのも不自然に感じてはいましたが、なるほど、利害の発生しない町娘に婚約者の振りを依頼したというわけですか。ですが、疑問が残りますね。わざわざラインハルトの城下町に住む少女が、こんな辺境の地まで？」

ドミニクはそう言って腕を組み、顔を歪《ゆが》ませて笑う。

さあ、とノアは口角を上げた。

「彼女がどこからきたのかまでは、僕も把握していませんでした。ただ、旅の途中であり、一夜の宿を恵んでほしいと言ってきたのですよ。お金が必要な様子だったのと、見た目が美しかったので、ちょうど良いともちかけたまでです」

なるほど、とドミニクは納得した様子を見せた。

「そういうことですので、他を当たられるが良いかと」

「委細承知いたしました」

ドミニクは頭を下げながらも、にっ、と笑う。

「しかし魔女自身は出て行った振りをしただけで、この城のどこかに隠れ潜んでいるという可能性も考えられます。一応調べさせていただきましょうか。魔女はこの世の災厄。国王陛下の名において、すべて処罰せねばなりません」

目をそらさずにそう告げたドミニクに、ノアは息を呑《の》んだ。

魔女を滅することが、正義と信じてやまない……狂信的な色を帯びた瞳《ひとみ》。そのためには冤罪《えんざい》が起きることもいとわないのだろう。

ここでムキになって、捜索をやめさせるのは逆効果だろう。

「お好きにどうぞ」

内心の不安を隠しながら強い口調でそう告げたノアに、

「城内の捜索を！」

ドミニクは声を上げ、それを合図に異端審問会のメンバー達は一斉に駆け出した。

5

ティルは、暖炉の中に膝《ひざ》を抱えて隠れ潜みながら、体の震えを抑えようとしていた。

どうしよう、こんなことになるなんて。

「ティル、心配するな、なんとかなるって。暖炉の外側から見たら中に人が入れる感じは全然しないし」

不意にハンスの声がして、ティルは驚いて訊《たず》ねる。

「兄さん、どうしてここが分かったの？」

「たまたま、ティルが隠れるところを見ていたんだよ。大丈夫、ここなら絶対見付からねぇよ」

「兄さん……」

ようやくいつものハンスの声が聞けて安堵《あんど》したが、今は黙っていてもらいたい時だ。

「色々話したいことはあるけど、ごめん、今は黙っててもらえるかな」

「あ、悪い」

もし、今日は運よく見付からなくても、またどこからか噂が流れて、彼らが捕まえに来るかもしれない。ずっと異端審問の目に怯《おび》えながらこの城で生きていくなんて、ノアにも迷惑をかける。

いっそ、この隙に城を抜け出して、どこかへ逃げた方がいいのかもしれない。

誰も知らないところに……。

きっと、それがいいんだろうな。自分は生きている限り、追われ続ける身なのだ。

この城に来て、彼のぬくもりに触れて、少しだけ夢を見てしまった。

まるで物語のような幸せな夢を……。

ウットリするようなドレスに身を包み、この手を取ってキスをしてくれる素敵な王子様と幸せに暮らせる夢を。今思えば、そんなことが実現するわけもないんだ。

大丈夫、見ていたのは夢だから。夢は醒《さ》めるから。

スカートにポトポトと涙が落ちては滲《にじ》んでいく。

暖炉のススで黒ずんだ、明るい菜の花色のドレス。

まさに、魔法が解けた姿だ、とティルは口に手を当てて、自嘲《じちょう》気味に笑った。

＊

「いやー、東塔は散々な荒れようでしたね。他は美しいというのに、どうしてあそこだけ放置された倉庫のようになっているのでしょう？」

と、ドミニクは、不思議そうに言う。

「あと一週間も前に来ていたら全滅していたでしょうに、命拾いしましたね」

と、小声で囁《ささや》いたノアの言葉をかき消すように、セルジュが「んっんー」と咳《せき》ばらいをした。

「ずっと施錠されたままになっていたのです。鍵《かぎ》を失《なく》してしまっていたのですが、最近ようやくあそこに続く鍵を見付けることができたんですよ」

と、セルジュはごまかし、『東塔に転がっていた人骨を早々に片付けておいて良かった』と引きつった笑みを見せた。

「ここは、執務室ですか」

ドミニクはそう言って、扉を開ける。

部屋の中にいたハンスがピクリと反応して振り返った。

「彼は？」

「……名は、ローレン・クリフ。口のきけない絵描きです」

すぐにそう告げたノアに、「そうでしたか」とドミニクは気の毒そうに目を細めた。

「ローレン、あなたに女神のご加護があらんことを……」

そう言って胸の前で手を組んだドミニクに、ハンスは顔を引きつらせた。

「ドミニク様、あの娘まだ見つかりませんの？」

と後から入ってきたアンドレ男爵夫人は、ハンスの顔を見るなり目を見開いた。

「バランド伯爵、この男もあの夜、エントランスホールにいましたわよね？」

「さあ、どうだったかな。彼は好奇心旺盛《おうせい》だから、どこにでも顔を出す」

とノアはあえて面倒くさそうにそう告げた。

「ドミニク様、おそらくですが、彼はあの娘の縁者ですわ。一緒にいましたもの」

「ほお。たしかに、ティル・アドラーには兄がいるという報告は聞いている」

ドミニクはそう言って腰の剣をスッと抜いて頭上にかざすと勢いよくハンスに向かって振り下ろした。

「う、うわあああああ」

と声を上げて腰を抜かしたハンスに、ドミニクはニッコリと微笑んだ。

「これはローレン様、良かったですね。声が出るようになったようで」

その言葉にハンスとセルジュは青ざめ、ノアは無言で額を押さえた。

「魔女はこの部屋に潜んでいる可能性が高い！　くまなく捜せ！」

ドミニクは城中に響き渡るような声を上げたあと、ノアを真っ直ぐに見据えた。

「一般市民が魔女を匿《かくま》ったなら思い罰を受けますが、名門バランド家に免じて、ここは穏便にことを済ませたく思いますよ」

そう告げたドミニクに、ノアは何も答えず、拳《こぶし》を握り締めた。

すぐにバタバタと部下たちが部屋に集まり、戸棚やドレッサーの中まで調べ始める。隅々まで漁《あさ》るように調べるのを眺めながら、ノアはそっと腕を組んだ。

「ドミニク様、この部屋にはいないのでは？」

部下の言葉に、ハンスはホッとしたように表情を緩ませる。ドミニクは、それを見逃さず、鼻で嗤《わら》った。

「……そうだな、あとは暖炉の中を」

「えっ？　誰もいませんが」

「パッと見はな。覗《のぞ》き込んだら側面にスペースがあるかもしれん。煙突に身を隠しているということもある」

「はい！」

そう言って部下が暖炉を調べようとしたその時、

「ノア、ここにいるの？」

と部屋に、レイリーが姿を現わした。

「レイリー⁉」

ノアは驚いて、レイリーの許《もと》へ駆け寄る。

「一体、どこに隠れていたんですか。黙って帰ったのかと……」

はっ？　とレイリーは、小首を傾げた。

「どこに……って、僕は今、この城に来たばかりだよ」

ノアは、どういうことです、と眉根《まゆね》を寄せる。

「今来たばかりって、君はこの一か月この城にいたではないですか」

「いやいや、もう、オヤジにここには行くなって止められてたから、家から出られなくて大変だったんだよ。なんとか目を盗んでようやく来られたんだ。あれ、なんだかここも取り込み中みたいだけど……？」

どうかした？　とレイリーはぱちりと目を見開く。

ドミニクも、思わず二人のやり取りに気を取られていたが、我に返ったように言った。

「では、暖炉を――」

その時、

「ねえ、一体なんの騒ぎ？」

今度は、ティルがひょっこりと顔を出した。

「ティル!?」

翡翠《ひすい》色の燕尾《えんび》服《ふく》にフリルのついたブラウス、ストライプのパンツに長いソックスとブーツ。まるで物語に出てくる王子様のように愛らしく美しい姿に、皆は釘付《くぎづ》けになり、言葉を失った。

「ドミニク様、この者ですわ！　今は男装をしてごまかしていますが、これがティアラ・アドラーです。我が娘に妙な魔術をかけた魔女！」

そう声を上げたアンドレ男爵夫人に、

「黙れ、ティルは、娘を助けるのに尽力したというのに！」

とノアは声を荒らげ、ハンスも強くうなずいた。

「そうだ、ティルは命をかけておまえの娘を救ったんだ！　この恩知らず」

「ですが、妙な術を使ったのには違いありません」

夫人はそう言って不敵に微笑む。

そんな中、

「だから、なんの騒ぎ？」

ティルは少し愉《たの》しげに小首を傾げる。

ノアは不可解さに言葉を詰まらせ、ハンスは身を乗り出した。

「な、なにって、どうしたんだよ、ティル。異端審問会が……」

そう声を上げたハンスに、ティルは目を開いたあとプッと笑った。

「異端審問って、僕に？　どうして？　男の僕はがんばっても『魔女』にはなれないけど？」

その言葉にドミニクと夫人は顔を見合わせて、鼻で嗤った。

「苦しい言い訳だな、そんな見え透いた嘘はすぐ分かること」

ドミニクが一歩前に足を踏み出したその時、ティルは「ふぅん」とうなずいて、ブラウスに手をかけるとビリッと破り、胸をあらわにした。

「ティ、ティル！」

ノアがそう声を上げるも、そこには見えたのはまったく凹凸のない華奢《きゃしゃ》な少年の胸。

「ほら、男でしょう？　どこかに連れて行かれるなんてごめんだし、不本意だけどズボンも脱いだ方がいいかな？　あなたにだけ見せてもいいけど？」

と、ティルはイタズラな笑みを浮かべてベルトに手をかけた。

「あー、いや、申し訳なかった。どうやら町人の証言通り『美少年魔導士』だったようだな。これは失礼しました」

ドミニクはそう言って深々と頭を下げて、「な、なぜ」と夫人は目を見開いた。

「帰るぞ！」

と、部下を引き連れて部屋を出て行くドミニクと異端審問会の一行を眺めながら、ハンスは力が抜けてその場に座り込んだ。

ノアも一体何が起こったのか理解できない中、それでも呆然《ぼうぜん》と立ち尽くしているアンドレ男爵夫人の肩に手を乗せた。

彼女の肩が、ビクンと跳ねる。

「アンドレ男爵夫人、我が客人にこのような侮辱……、それ相応の覚悟をしていただきたい」

その言葉にアンドレ男爵夫人は体を小刻みに震わせた後、

「……ッ！」

言葉もなく逃げるように部屋を飛び出した。

外部の者が誰もいなくなったことを確認し、

「いや、驚いた。ティル。それも何かの魔術なのでしょうか？」

と、ノアが振り返った時にはティルの姿はなかった。

「ティル、どこだ？」

「ティル？」

ノアとハンスが声を上げた瞬間、ガタッと暖炉から音がして奥から煤《すす》だらけのティルが姿を現わした。

「……ティル？」

ノアとハンスは、目を見開く。

レイリーだけは何もかも分からず、小首を傾げていた。

そんなレイリーの心境を察したアンナが、

「レイリー様、しばしこちらでお休みください」

と、彼を連れて、執務室を出ていった。

ティルは困惑の表情を見せながら、服に付いた煤を払った。

「あの……何があったの？　一体誰が僕の振りをしてくれたの？」

「一体、これはどうしたことでしょう……」

と、セルジュは呆然と洩《も》らした後、ハッとした様子で、「もしや！」と部屋を飛び出す。

「どうした、セルジュ」

すぐに、ノアとティル、ハンスも、セルジュの後を追う。

セルジュは、誰よりも早く城の階段を上りきり、息を切らしながら、見晴らしの良い西の塔の上に出た。

ハアハアと乱れる息を整えながら、そこに立つ彼の背中を確認し、嬉《うれ》しそうに目を細めた。

ここは、彼のお気に入りの場所だった。

ひとつに束ねた真っ白く長い髪。

風に舞う長いマント。

「……やはりあなた……でしたか」

そう呼びかけたセルジュに、彼はゆっくりと振り返った。

『久しいの、セルジュ。随分と老けたな』

そう言って笑みを浮かべる姿を見て、目に涙が浮かぶ。

セルジュはその場に片膝《ひざ》をついた。

「あなたはお変わりなく……」

大魔導士アルバート・アドラー。

しかしその姿は微《かす》かに透けている。

『面を上げい。そういうのをわしが好まないことは知っているじゃろ』

セルジュはそっと体を起こして、胸に手を当てた。

「……ティル様を助けに出て来られたのですか？」

セルジュの問いかけに、アルバートは小さく笑った。

『残念ながら、霊魂となってしまった今のわしは見守ることが精一杯。どんなに孫がピンチでも、自らの意志で、このように蘇《よみがえ》ることは不可能じゃよ』

「では、どうやって……」

『ハンスじゃ。あいつは客間に籠《こも》っている間、何度も魔法陣を描いてわしを召喚しようと試みておった』

そう言って笑みを浮かべたアルバートに、

「ハンス様が？」

とセルジュは驚きに目を見開いた。

『ああ……』

そううなずいてアルバートは遠くを見るように目を細めた。


霊魂になってしまったアルバートであったが、何者かに呼び出され、まるで生前のように意識がはっきりとし、この世に現われるのを感じた。

脳裏に浮かんだのは、召喚術のための大きな魔法陣。

これは、ティルが自分を呼び出してくれたに違いない。

ひと時かもしれないが、この世に蘇ることができる。

そう思ったアルバートは陣の上空に浮かび上がって見下ろすなり、正直驚いた。

自分を呼び出したのはティルではなく、ハンスだったのだ。

力を継承していないと思っていたハンスが、アルバートを召喚することに成功した。

それはどれほどの強い意志の賜物であったのだろう。

だが、ハンスの前に姿を現わそうとした瞬間、耳に届いたのは衝撃的な言葉。

「じいちゃん、頼む、相談に乗ってくれ。愛した女が魔女だった場合、どうしたらいいんだろう？　胸が苦しくて仕方がないんだ。シャーロットが好きで好きでどうしようもないんだよ。じいちゃん、出て来てくれ」

え、ええ――？


『……まあ、そんなしょうもない相談に乗る気にもなれず、ハンスの前に現われるのをやめて、バランド伯爵の友人に化けて、ティルの手伝いをすることにしたんじゃ』

「で、では、あの時のレイリー様は、あなた様……？」

『ああ、そういうことじゃ。通路の姿絵を見て、化けたんじゃ』

「どうりで、おかしいと思ったんです。いつものレイリー様とは雰囲気が違っていたので……彼は『俺』とは言いませんし」

『シャーロットには、バレてしまっていたようだが、まぁ、なかなかの活躍だったじゃろ？』

そう言ってアルバートはニッとイタズラな笑みを浮かべた。

「なにもわざわざレイリー様に化けられなくても、そのままでも助けていただくことはできたでしょう。あなた様がいてくれたらどれだけ心強かったことか」

『わしもそれは考えたが、今後のことを考えるとやはりわしを頼らずに解決して欲しかったという祖父心じゃよ。だが、異端審問会が来たとなれば話は別じゃ』

「……今度は、ティル様にお姿を変えて、助けられたのですね」

『ああ、良い機会でもあった。これでもう二度とティルに疑いがかかることはなくなったじゃろう』

「アルバート様……」

セルジュが胸を熱くしながらそう洩らした次の瞬間、

「じいちゃん!」

「ジジイ!」

という声が響く。

振り返るとそこには息を切らしたティルにハンス、ノアの姿があった。

『ほほほ、見付かってしまったの』

アルバートはそう言って楽しげに長い髭《ひげ》を撫《な》でた。

「やっぱり、じいちゃんが僕を助けてくれたんだね?」

目に涙を浮かべてティルが抱き着こうと足を踏み出した瞬間、

「このクソジジイ、俺が必死に呼んでも出て来なかったくせに、ティルばっか助けてんなよ！」

　とティルを押しのける勢いでハンスが声を上げた。

『ジジイって言うな！　お前のしょうもない恋煩いなんかに付き合ってられるか！』

「しょ、しょうもないって言うな！」

『恋の悩みで死者を召喚するなどと考えられんことじゃ！』

　やんやと言い合う二人に、

「じいちゃんに兄さん……」

　とティルは額を押さえ、ノアとセルジュは呆然《ぼうぜん》と顔を見合わせた。

「だけど俺は本気だったんだよ！」

　真っ赤になって声を上げるハンスに、アルバートは柔らかく微笑んだ。

『そうじゃの、ハンスの本気の想いがシャーロットの呪いを解いた。それは本当に誰にもできんことじゃった。ハンス、そなたは不本意であろうが、此度《こたび》の働きには感謝しておる。どんな形であれ、わしのやり残した仕事を片付けてくれたのはお前じゃ』

「僕もそう思っています。決して公にはできませんが、ハンス・アドラーは英雄だと」

　そう続けたノアに、ハンスは頬を紅潮させて、頭を掻《か》いた。

『ま、わしも英雄なんじゃが……』

　すぐに張り合おうとするアルバートの言葉を遮るように、「あ、あのさ」とティルが前に出た。

「じいちゃんに聞きたかったんだ。どういう経緯でラインハルト伯爵は僕たちに依頼を出したの？　ラインハルト伯爵はじいちゃんが死んだことを知ってたの？」

『んにゃ、知らんはずじゃ』

「それじゃあ、どうして？」

『……わしは魔導士だからの。自分の死期が迫っているのを感じていたんじゃ。死ぬ前に気にかかっていたのは、中途半端になってしまったバランド城の仕事。だが、自分で始末をつけるべきことのはずなのに、自分の中では孫に丸投げ……いや、託そうという無責任な声しか浮かばんかった。きっと孫がわしの後を継いでくれる。そしてそれがすべての解決につながるということをなぜか感じていた。そこでわしはラインハルトに手紙を書いた。わしの孫の活躍がその耳に届いたなら、バランドの城の呪いを解く依頼を孫にしてほしいと』

真相を明かしたアルバートに、ティルは「そういうことだったんだ」と目を見開きながらうなずいた。

『わしの死を三年伏せろと言ったのは、その頃には酒場のツケがなかったことに……いや、そなたの力が開花するのに、そのくらいの時間がかかるかもしれんと思っていたんじゃが、それは、計算違いだったようじゃの。アッという間に魔導士としての力を発揮して、すぐにラインハルトの耳に届くこととなった。お陰ですべての解決へとつながったのであろう。さすがわし』

そう言って笑みを見せたアルバートに、皆は複雑な表情を浮かべながらも、「たしかに」とうなずいた。

『そうじゃった、ノア・バランド伯爵、そなたにお願いがある、大事な話じゃ』

「はい」

『魔女狩りという悪法をなくす働きをしてほしいのじゃ。いつかは変えることができるであろうと信じている。それまではとりあえず、ここに、ラインハルトに負けない城下町を作ってほしい。そしてティルのように異端審問会に怯《おび》える者たちも安心して暮らせるような場所を作ってほしいのじゃ。隔絶されたこの地ならばできるはず。それにこの城には無念の死を遂げた哀れな少女たちの霊がたくさんおる。ここが寂しい場所であるよりは、魂が慰められる場所である方がよいであろう。生者と死者、両方のためにお願いしたい』

真剣な眼差《まなざ》しでそう告げたアルバートに、ノアはその場に膝《ひざ》をついて頭を下げた。

「はい、必ず」

『……頼んだぞ。そしてもうひとつ』

「はい」

『我が愛し の孫《いと》と婚前交渉は許さん』

そう言って鋭い目をしてみせたアルバートに、ティルは「なっ」と真っ赤になり、

「ご心配なく、すぐに結婚式を挙げます」

ノアはすぐにそう言って余裕の笑みを見せた。

『ふむ、なかなかの男じゃの。これでわしも安心して逝けそうじゃ』

そう告げたアルバートに、セルジュは一歩前に出た。

「あの……わたくしから最後にお願いがひとつだけ」

『なんじゃ？』

「もう一度だけ、あの時のあなた様のお姿が見たいのです。かつて悪魔との戦いの最中、若返ったあなた様のお姿を……」

熱っぽくそう告げたセルジュに、アルバートは『そんなことか』と小さく笑って、そっと目を閉じた。

次の瞬間、体が金色に光り輝き、その白髪は眩《まぶ》しいような金髪となり、老人だったアルバートは、それは美しい青年へと姿を変えた。

『これでいいか？』

笑みを浮かべてそう尋ねた美しい姿に、皆は目を見開いた。

「信じられない、カッコイイじゃんか、ジジイ」

「う、うん。すごく美青年」

「たしかに、ティルによく似ていますね」

皆が驚きの声を上げる中、セルジュは頬を紅潮させ、目に涙を浮かべた。

「ありがとうございます……どうしても、もう一度そのお姿を目にしたかったのです」

そう言って、瞬きも惜しいほどに、美しいアルバートを見詰めた。

『まさかセルジュ、そなたがその歳まで独身なのはずっと一途にわしのことを……』

嫌そうに身をそらしたアルバートに、

「そ、そんなことは決して！　私はあの時に神の遣いを見たと思ったのです。なので
どうしてももうひと目見たいと」

セルジュはムキになってそう言った。

『冗談じゃよ。そうじゃった、最後にあともうひとつだけ、伯爵に頼みがあった』

「はい」

『ラインハルトの城下町に残っているわしのツケの清算の方もついでに頼む。今回、
それ相応の働きはしたろう？』

ニッと笑ってそう告げたアルバートに、ノアは小さく笑った。

「ええ、約束します」

『これで本当に安心じゃ』

そう言いながら美しいアルバートの姿が、さらに透明になっていくことに、皆は息を呑《の》んだ。

『そろそろ、時間のようじゃ』

「じいちゃん」

目に涙を浮かべるティルとハンスに、

『そんな辛気臭い顔をするでない。今から始まるは、幸せの物語じゃ。いわくつきの城にいわくつきの伯爵。そしていわくつきの娘が出会って、すべての邪《よこしま》なものを祓《はら》って結ばれて幸せになる。誰にも語られはしないが、奇跡の物語じゃよ。どうか美しい物語を紡いでいっておくれ』

アルバートは美しい青年姿のまま笑顔でそう告げた。

「大魔導士アルバート・アドラー。……必ず、ラインハルトに負けない城下町を作ってみせます。僕の町では、誰も魔女狩りに怯えることがないよう、必ず民を守ってみせます」

胸に手を当ててしっかりとそう告げたノアに、アルバートは、ああ、とうなずいた。

『頼んだぞ、バランド伯爵。そなたならばラインハルトに負けない良い領主になるであろう。賑《にぎ》やかで明るく楽しい城下町が目に浮かぶようじゃ。それではお別れじゃ、皆の者。わしが力になれるのは、これが最初で最後。だが、いつかまた生まれ変わったわしとあいまみえることもあるかもしれんな。ティル、ハンス……どうか幸せに』

そう告げた後、眩しく光ったかと思うと、その姿は消えた。

「ジジイ……」

とハンスは涙を拭《ぬぐ》いながら、まだ明るい空に浮かぶ星を仰いだ。

「ありがとう、じいちゃん。じいちゃんに助けられた命を大切にするよ。必ず幸せになるから」

ティルは空を見上げてそう声を上げ、ノアとセルジュはアルバートに敬意を称するように胸に手を当てて一礼をした。

＊

「……へえ、結局、僕がここにいたって話は、アルバート・アドラーが僕に化けていたってことなんだね」

応接室で事情のすべてを聞いたレイリーは、興味深そうに腕を組む。

ごめんなさい、とティルは頭を下げた。

「うちの祖父が勝手にお姿を……」

いいよ別に、とレイリーは肩をすくめる。

「騒動に立ち会いたかったから、ちょっと悔しいけどね。それはそうと、ここに城下町を作るのは僕も賛成だよ。元々魔女狩り反対派だしね。ぜひ手伝わせてほしい」

「ああ、ぜひ」

と、ノアは強くうなずき、ティルに視線を移した。

「そうだ。ハンスにも手伝ってほしいと思っているんですが、彼は今どこに」

ティルは言い難《にく》そうに眉《まゆ》を下げた。

「あのね、兄さんはもうすぐこの城を出るって……旅に出るって言ってるんです」

「旅に？」

「祖父の最後の一言を聞いて、もしかしたら自分もいつかシャーロットの生まれ変わりに会えるかもしれないからって。運命の女性を探す旅に出るって」

「はっ？　本気ですか？」

「うん。それでね、ノア様。僕も兄さんと一緒に旅に出ようと思うんです」

さらに言い難そうにそう告げたティルに、ノアは大きく目を見開いた。

「どうしてですか？」

「僕も色々考えたんです。きっと、自分のように怯え暮らしている人が世の中にはいっぱいいるに違いないって思ったんです。そんな人達を探して、バランドの城下町に移り住むよう勧めてあげたいって考えて」

　でもさ、とレイリーが言う。

「皆、力を隠して生きてるんだから、そうだって分からない可能性の方が高いと思うけど？」

「そうかもしれませんが、僕ならきっと分かると思うんです。自分も隠していた側だから。それに、僕は異端審問会にも認められた魔導士だから、もう怯えることなく堂々と各地をまわれる。悪魔祓いをしながら、そういう人を探したいと思って」

　ニッコリ笑ってそう言ったティルに、ノアは焦ったようにその手をつかんだ。

「ですが、君は僕の婚約者でしょう？　すぐにだって式を挙げたいと思っているのに」

「ごめんなさい、ノア様。だけど僕は必ず戻って来ます。その間、ノア様には町づくりをがんばってほしいんです。自分と同じ立場の人が苦しんでる中、自分だけ幸せにはなれないって思って……」

　遠慮がちに、それでもしっかりとそう告げたティルに、ノアは苦しげな表情を浮かべたあと、大きく息をついた。

「……分かりました、三か月で帰ってきてください」

「三か月は短すぎます、無理だよ」

「それじゃあ、半年です。偉大な魔道士の孫の名にかけて約束してください」

　強い口調でそう告げたノアに、ティルは頬を赤らめながらコクリとうなずいた。

「分かった、半年で戻ってきます」

「そうしたら結婚式ですからね」

ノアはそっとティルの肩を抱き寄せて、額にキスをした。

「……はい、ありがとうございます。その日を楽しみにしてる」

目に浮かぶようだ。

山頂にそびえる美しい白堊《はくあ》の城と、賑やかな城下町。

そこは誰もが怯《おび》えることなく活《い》き活きと過ごせる、外界から隔絶された理想郷。

みんなに祝福される中、純白のドレスに身を包んでノアと結婚式を挙げるのだ。

その頃には自分の髪も少しは伸びてるといいな、とティルは思う。

「本当は君を離したくないし、行かせるならば今夜にでも僕のものにしたい。ですが、アルバート・アドラー氏に釘《くぎ》を刺されてしまったから何もできないのがつらいところです」

口惜しそうに言ったノアに、ティルは火照《ほて》る顔を手で覆う。

「あのさ、二人共、僕の存在を忘れないようにね」

レイリーは、やれやれ、と肩をすくめている。

ティルとノアは、顔を見合わせて笑い合った。

これから始まるのは、幸せの物語。

いわくつきの城で絶望を抱いていた伯爵が、仮初めの魔導士の少女と出会い、呪いを打ち破って結ばれ、理想郷を作る未来へ進んでいく。

やがて、悪法は撤廃され、呪われた土地は、笑いの絶えない賑やかで美しい町へと姿を変えるのだが——、それはもう少し先の話。

あとがき

ご愛読ありがとうございます。望月麻衣《もちづきまい》です。

美しく謎多き伯爵ノアと、魔女狩りを避けるために性別を偽り続けているティル。

いわくがありながらも美しい城を舞台にした不器用な二人の甘い恋――。

伯爵、城、魔法、呪いと、本著は私が好きなものがギュッと詰め込まれた一冊です。

わたくしごとですが、今年（二〇二四年）三月、デビュー十周年を迎えます。

この十年間で、大変ありがたいことに六十冊以上本を刊行（本著は六十三冊目）いたしました。そんな中、自分が何を書いていきたいのか分からなくなったこともありました。目指すところが見えなくなり、『これからどうしていきたいのか、そもそも何を書いていきたいのか』と自問自答もしました。

そこで気付いたのは、私が書きたいのは、『エンターテインメント』なんだということ。ミステリでも恋愛でもファンタジーでも、ジャンルは何でもいい、とにかく『楽しさ』をお届けしたい。読みながら、泣いたり、笑ったり、ハラハラしたりすることがあっても、読み終わった時に、『楽しかった』と感じていただける作品を書きたい。

それが私の目指すところなんだ、と気付きました。

そんなわけで今作、『仮初めの魔導士は偽りの花』は、『エンタメ』を最大限に意識しています。

昔、胸をときめかせて読んだ『少女小説』に想いを馳《は》せて綴《つづ》りました。

さらに、装画はずっと憧《あこが》れていた高星麻子《たかぼしあさこ》先生です。

担当編集者さんからイラストレーターの相談を受けた際、「高星麻子先生にお願いできたら」と思いきって伝えたところ、ご依頼を受けてくださいました。

高星先生、素晴らしい装画、本当にありがとうございました！


十周年——。

私はこれからも『楽しかった』と思っていただける作品を書くことを目標に、また自分が『楽しい』と思える作品を書けるように、がんばりたいと思います。

私と作品に関わる、すべての方とのご縁に心から感謝申し上げます。

あなたの心に何かが残ることを願って。

本当にありがとうございました。

望月麻衣

参考文献

『いちばんやさしい西洋占星術入門』ルネ・ヴァン・ダール研究所（ナツメ社）
『占星術完全ガイド　古典的技法から現代的解釈まで』ケヴィン・バーク／著　伊泉龍一／訳（フォーテュナ）
『占星学　新装版』ルル・ラブア（実業之日本社）
『鏡リュウジの占星術の教科書Ⅰ　自分を知る編』鏡リュウジ（原書房）
『占いはなぜ当たるのですか』鏡リュウジ（説話社）
『星の叡智と暮らす　西洋占星術　完全バイブル』キャロル・テイラー／著　鏡リュウジ／監修　榎木鳰／翻訳（グラフィック社）
『増補改訂版　最新占星術入門（エルブックス・シリーズ）』松村潔（学習研究社）
『完全マスター西洋占星術』松村潔（説話社）

本書は書き下ろしです。
この物語はフィクションであり、実際の人物・地名・団体等とは一切関係ありません。

仮初《かりそ》めの魔導士《まどうし》は偽《いつわ》りの花《はな》

呪《のろ》われた伯爵《はくしゃく》と深紅《しんく》の城《しろ》

望月麻衣《もちづきまい》

令和6年 3月25日 初版発行

発行者●山下直久

発行●株式会社KADOKAWA
〒102-8177 東京都千代田区富士見2-13-3
電話 0570-002-301（ナビダイヤル）

角川文庫 24096

印刷所●株式会社暁印刷
製本所●本間製本株式会社

表紙画●和田三造

ISBN 978-4-04-114740-5 C0193

◇◇◇

角川文庫発刊に際して

角川源義

第二次世界大戦の敗北は、軍事力の敗北であった以上に、私たちの若い文化力の敗退であった。私たちの文化が戦争に対して如何に無力であり、単なるあだ花に過ぎなかったかを、私たちは身を以て体験し痛感した。西洋近代文化の摂取にとって、明治以後八十年の歳月は決して短かすぎたとは言えない。にもかかわらず、近代文化の伝統を確立し、自由な批判と柔軟な良識に富む文化層として自らを形成することに私たちは失敗して来た。そしてこれは、各層への文化の普及滲透を任務とする出版人の責任でもあった。

一九四五年以来、私たちは再び振出しに戻り、第一歩から踏み出すことを余儀なくされた。これは大きな不幸ではあるが、反面、これまでの混沌・未熟・歪曲の中にあった我が国の文化に秩序と確たる基礎を齎らすためには絶好の機会でもある。角川書店は、このような祖国の文化的危機にあたり、微力をも顧みず再建の礎石たるべき抱負と決意とをもって出発したが、ここに創立以来の念願を果すべく角川文庫を発刊する。これまで刊行されたあらゆる全集叢書文庫類の長所と短所とを検討し、古今東西の不朽の典籍を、良心的編集のもとに、廉価に、そして書架にふさわしい美本として、多くのひとびとに提供しようとする。しかし私たちは徒らに百科全書的な知識のジレッタントを作ることを目的とせず、あくまで祖国の文化に秩序と再建への道を示し、この文庫を角川書店の栄ある事業として、今後永久に継続発展せしめ、学芸と教養との殿堂として大成せんことを期したい。多くの読書子の愛情ある忠言と支持とによって、この希望と抱負とを完遂せしめられんことを願う。

一九四九年五月三日

わが家は祇園《まち》の拝み屋さん

望月麻衣

心温まる楽しい家族と不思議な謎！

東京に住む16歳の小春は、ある理由から中学の終わりに不登校になってしまっていた。そんな折、京都に住む祖母・吉乃の誘いで祇園の和雑貨店「さくら庵」で住み込みの手伝いをすることに。吉乃を始め、和菓子職人の叔父・宗次朗や美形京男子のはとこ・澪人など賑やかな家族に囲まれ、小春は少しずつ心を開いていく。けれどさくら庵は少し不思議な依頼が次々とやってくる店で!?　京都在住の著者が描くほっこりライトミステリ！

角川文庫のキャラクター文芸

ISBN 978-4-04-103796-6

わが家は祇園《まち》の拝み屋さんEX《エクストラ》

愛しき回顧録

望月麻衣

チームOGMの気になるその後と恋の行方は？

小春《こはる》たちがそれぞれの進む道を見付けた５年後。人の感情を読み取れる少女・寿々《すず》は、同じく特殊な力を持つ幼馴染みの千歳《ちとせ》たちと学徳学園高等部に進学した。かつて高等部に存在し、世を救う活躍をしていた、憧れのチームＯＧＭの２代目結成を意気込み、寿々は初代メンバーである小春や澪人《れいと》たちの話を聞きに行くことに。けれど待っていたのは予想外な彼らの現在で⁉　オールキャストで贈る本編完結のその後。最高のフィナーレ！

ISBN 978-4-04-112867-1

男装の華は後宮を駆ける

鳳凰の簪《かんざし》

朝田小夏

男装少女×美形貴公子が後宮の謎を解く!

百万都市・麗京《れいけい》に佇む後宮で、皇后が持つ「鳳凰の簪《かんざし》」を挿した宮女の死体が発見された。事件の情報収集のため、名家の娘の芙蓉《ふよう》は皇太后からある人物との連絡係に任命される。芙蓉が男装して指定の場所に行くと、待っていたのは蒼君《そうくん》と名乗る謎の美青年だった。初対面からぶつかりながらも事件捜査に乗り出す２人だが、そのさなか刺客に襲われ不穏な雰囲気に——⁉　男装少女と謎多き青年が闇に迫るハイスピード後宮ミステリ！

角川文庫のキャラクター文芸

ISBN 978-4-04-114411-4

ISBN 978-4-04-111525-1

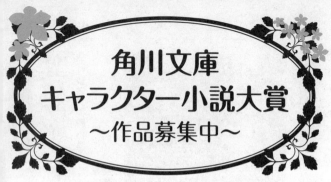